時間《とき》の虹

nao yoshinaga

吉永南央

紅雲町珈琲屋こよみ

文藝春秋

目次

『時間の虹』主な登場人物

杉浦草《そう》　北関東の紅雲町でコーヒー豆と和食器の店「小蔵屋《こくらや》」を営む。

森野久実《くみ》　「小蔵屋」従業員。若さと元気で草を助けてくれる。

一ノ瀬公介《こうすけ》　久実の恋人。県内の有力企業・一ノ瀬食品工業の三男。

高橋朔太郎《さくたろう》　東京に移り住み、政党職員になった。

犬丸好広《いぬまるよしひろ》　市観光課勤務。

時間《とき》の虹

紅雲町
珈琲屋
こよみ

装画　杉田比呂美
装丁　野中深雪
本書は書き下ろし作品です

第一章

友とテーブルで

風の音がした。が、外では何も揺れていない。

動いているのは、縁側の向こうの、ピンと立った白いしっぽだけ。

表側の店にまで時折入り込む猫が、沓脱《くつぬ》ぎ石の辺りを歩いているらしい。追い立てたところで、素知らぬ顔をして何度でもやって来る。

空が明るくなった日の出前、杉浦草《すぎうらそう》は外へ目を凝らすのをやめ、姿見の前に立った。長襦袢《ながじゅばん》の上にベンガラ染めの浴衣を羽織り、あの頃をまた思う。

あの頃とは、たとえば学校へ上がる前。

それから、人生の変わる恋をしていた頃。

そんなふうに、ひとまとめにして記憶している時期のことだ。

数か月、あるいは数年にわたる時間をひとつの季節であるかのように、以後、繰り返し思い返してきた。鮮やかに思い出されるそれらは、当時においては大方の場合、静かで平凡な日々に過ぎない。

けれど、どうかすると、その只中で轟々《ごうごう》という唸《うな》りを聞き、車窓の眺めのように自身の力の及ばぬところで加速してゆく毎日に気づくこともある。

ああ、これは——と。

そうして、始まりはどこで、終わりは一体どうなるのか、自問せずにはいられなくなるのだ。

太平洋戦争の時がそうだった。それから戦後、この北関東の街から米沢へ嫁ぎ、離縁して息子の訃報を知らされた頃。さらにずっと下って、母と父を次々看取り、時代の波に圧されるようにして雑貨屋の小蔵屋《こくらや》を建て替えコーヒー豆と和食器の専門店にした頃も。

身支度を整えた草は、姿見の前にあらためて立つ。土から生まれたやわらかな赤錆《あかさび》色の柄と、銀鼠《ぎんねず》のぼかしの麻帯が、老軀を明るく見せていた。盆の窪に近い小さな髷《まげ》からべっ甲の櫛《くし》を抜き、白髪を数回梳《す》いて、もとへ戻す。

幼馴染《おさななじ》みの二人の顔が浮かぶ。昨年の夏から、いろいろとあった。

どこかで凪のような遠い唸りを聞いている。

やはり庭の草木は、そよとも揺れていない。

今朝も草はいつもどおり、ごみ拾い用の腰籠——身体にそう形で中にビニール袋がかけてある——を身につけ、晴雨兼用の黒い蝙蝠傘《こうもりがさ》を持ち、眠りから覚めかけた紅雲町《こううんちょう》をひと回りする。歩く拍子とりに蝙蝠傘を突き、ゴルフ場や自動車教習所もある広い河原へ。川岸の小さな祠《ほこら》に、それから丘陵の上の観音像に手を合わせ、次は息子の寝顔を思い出させる三つ辻の地蔵へと向かう。住宅地には大抵縦横に道があり、どこを通るかはその日の気分次第だ。古い家並みの方からは焼き魚のにおいが漂い始め、比較的新しい建て売り住宅の方ではブルンと車のエンジンがかかる。

九月に入ったものの、今日も暑くなりそうだ。

花が咲くかのように、小さな手が開く。

初めての子を抱く客が、ゆったりしたワンピースの身体を揺らし、ほら、みっちゃんバイバイは、と促した末のことだ。

「あら、じょうず。バイバイできたの」

日の光を反映した好奇心いっぱいの瞳が、着物姿の老店主に向けられていた。皺《しわ》だらけの顔を寄せても、じっと見つめたまんま。一歳にもならないおちびさんの堂々とした挨拶に、草は客と顔を見合わせる。新米の母親も満面の笑み。夜泣きがひどい時は全然かわいく思えない。母親失格ですね。そうこぼしたばかりなのが嘘のようだった。

抱かれた子に、草はまた視線を向けた。澄んだ瞳を覗き込む。

「すごいわね、あなた。生まれてきただけで人を笑顔にしちゃって。けどね、あなたのママも、このポンコツのばあさんも、みんなそうだったのよ。自慢じゃないけど」

母親が、あはっ、と声を立てて笑う。

その時、草の視界の端に、ぬっと新聞紙の包みが現れた。

「おれも生まれてきただけで、役目を果たせたならいいが」

面長の老人が話に加わり、薄い頭をなでる。草よりは若いだろう常連だ。

新聞紙の中身は花だった。種がびっしりで炎に似た花びらも残した大きな向日葵《ひまわり》一本と、青い実の房をたくさんつけた野薔薇の枝物だ。終わりかけのずっしりとした存在感、熟すのはこれからという瑞々《みずみず》しさの対比に、草は目を瞠《みは》った。

「お草さんなら、こういうのを面白がると思ったよ」

みっちゃん見てごらん、すごいね、と赤ん坊を抱く母親も新聞紙の包みを覗き込む。

草は礼を言って花を受け取った。あとでちょっといいかな、と言われてうなずく。贈答品でもよく小蔵屋を使う常連は、半開きのままだったガラス戸から店内へ入っていった。いやあ、ここは涼しいなあ、という声が漏れ聞こえる。

母親が赤い小型車のチャイルドシートに赤ん坊を乗せ、草は助手席に小蔵屋の手提げの紙袋を置いておく。いつもは客と適度な距離を置き、話しかけられたら話す程度を心がけているが、この寝不足の隠せない母親には声をかけてみたのだった。母親は妊娠してから控えてきた本格的なコーヒーを、一日一杯、自分に許すことにしたのだそうだ。実家が博多で喫茶店なんです、とも言っていた。

「試飲の水出しコーヒー、おいしかったです。ありがとうございました」

「こちらこそ。またどうぞ」

相変わらず、太陽は小蔵屋の瓦屋根を炙り、店前の広めの駐車場に逃げ水を揺らめかせていた。やはりまだ、ベンガラ染めの浴衣がちょうどいい。

小蔵屋の深い軒下から、草はまぶしさに目を細めて赤い小型車を見送る。

「いずれ、うちも家族が増えるか……」

独居で家族もいないくせによく言うわ、と草は内心思い、自身を鼻で笑う。

それでも、小蔵屋唯一の正規従業員、森野久実《もりのくみ》は身内のようなもの。めでたく結婚、出産となれば家族が増えるも同然だった。まして相手は、よく知る一ノ瀬公介《いちのせこうすけ》なのだ。プロポーズは去年の六月。二人の暮らすマンションが、貸主都合で昨年九月までの一年契約だったのに、二年延長となったのも神の祝福のようだった。久実と一ノ瀬も、おかげで新居探しに追われずに済むし、自分たちのペースで結婚の準備を進める時間もできたと喜んでいた。

久実は長いこと、ごく普通の結婚を望んでいた。一方、山男の一ノ瀬は今、スーツに身を包んで家業に就いている。実のところ、地元有名企業の一ノ瀬食品工業は経営状態が不安定だし、両家の家族も気が合うとは言い難い。

草は去年、蚊とり線香の煙が漂う縁側で、一ノ瀬から頼まれた。

――久実の味方になってやってください。うちは、とても難しい家族だから。

現実を考えれば、結婚まで時間をかけるのも一つの方法なのだろう。

そっと見守ることくらいしかできないけれど――草は束の間、久実の白無垢《しろむく》姿を思う。

店に戻ろうとして振り向くと、半開きになっていたガラス戸の向こうに久実がいた。オレンジ色のポロシャツにショートエプロンという恰好で、店の固定電話の子機を持ち、浮かない顔をしている。どこを見ているのかしら――草が視線を捉えようとすると、久実が我に返ったみたいに近づいてきて声をひそめた。

「責任者を出せ、だそうです」

「同じコクラヤでも、うちは別のお店ですって説明したんですけど」

「どういうこと」

「あら、また……」

草は直近の記憶をたどり、手をひらひらさせる。

「ほら……産直野菜の会社と間違って？」

「それが、今度は不用品買い取り。買い取りの残りのお金は、いつ振り込まれるんだって」

おっ向日葵だ、と久実が新聞紙の包みを預かり、子機を差し出してくる。

「それね、お客さんに頂戴して。贈答品か何かご相談らしいの」

正面にあるカウンター席の、壁際にいる面長の常連を、草は目で示した。

昼前の店内には、他に客が数人。そこの楕円のテーブルに一人客がいて、右手にある会計カウンターの裏の、和食器売り場の方から微かな話し声が聞こえる。

三和土《たたき》から、白い漆喰《しっくい》壁、さらに古材の太い梁《はり》のある高い天井へと目を移した草は一つ息を吐き、結局、千本格子の奥の通路に面した事務所で電話をとった。

「大変お待たせいたしました。店主の杉浦です」

「なんだ、女か」

「はい。あの、当店は確かに小蔵屋ですが、小さい蔵と書く、コーヒー豆と和食器の店でございー―」

若くはない相手は聞く耳を持たず、草の声にかぶせてまくし立て始めた。ヨシオカと名のり、住まいのある市内の町名を付け加える。郊外の田畑が多い地域だ。この様子では今電話を切ったところであきらめはしないだろうと、草は椅子に深く座り直した。要するに、ご不用なものはありませんか、と家にトラックを乗りつけて古い家具から亡母の貴金属類まで買い取っていったコクラヤという業者は、全部で五万円ほどの買い取り価格を示し、今日最後の仕事で手持ちがないからと千円しか置いていかず、残りは振り込む約束で口座番号を聞いていってそれきり。もう二か月近く経つらしい。チラシの電話番号は通じず、電話帳で探したそうだ。妙な作り話で憂さ晴らし、という雰囲気でもない。

市内の業者だっていうから信じたってのに、どういう了見だ、と男がすごんだところで、草は口を挟んだ。

「お気の毒に。いっそ警察に相談してみては」

さすがに相手は黙った。やっと聞く気になった先方に言葉を選んでお門違いであることを伝え、草は受話器を置いた。すみませんの一言すらなかったが、今回限りで済むなら御の字だ。

この電話の主と比べれば、産直野菜の会社と間違っていた先日の主婦は話しやすかった。あちらも気の毒に、玄関先で新鮮な茄子か何かをもらって先払い割引のきく半年契約をしたが、一向にものが届かない。契約書をしまいなくし、市内のコクラヤという会社だったようなとの記憶を頼りに調べてこの電話番号にかけてみた、そんな話だった。楽ができると思ったんですけどね、夫に知れたら叱られちゃうわ、という声は力なく微笑んでいた。単なる手違いなのか、詐欺なのかはわからない。

机の上にある地元情報誌の特集号に、草は目を落とした。

「コクラヤ、コクラヤ。別にこのせいってわけでもないだろうけれど」

春に出たこの特集号『人気グルメランキング』では「和食」「洋食」「喫茶・カフェ」等様々な部門があり、ここ小蔵屋は「その他」の三位だった。

ふと壁掛けカレンダーに目がいった。

九月。格子に割られた三十日間に、手書きの予定がびっしりと並ぶ。もう今年も、あと四枚。日めくりのほうも、だいぶ薄くなった。

だが、目に浮かんだのは昨夏の出来事だった。

また幼馴染みの二人を思い、草は気を取り直して深呼吸する。

「さてと」

前掛けの皺を伸ばしつつ店へ戻ると、店内は若者たちのおしゃべりにあふれていた。

鮮やかなミントグリーンの揃いのTシャツを着た大学生が、二十ばかりある試飲用の席をあらかた占めており、レジにも並んでいる。コーヒー豆を挽くグラインダーの音が響きわたる。

荷物を抱えて入ってきた運送屋の寺田《てらだ》が、自分の娘とさして変わらない年頃の若者たちに目を丸くした。

「えらくにぎやかですね。学生？」

「この辺のいろんな大学のね」

草は伝票に受領印を押し、倉庫に置いてと頼む。荷物は待っていたやきものだった。

「最近あの子たち、たまに来るの。前に話さなかった？　河原で一緒にごみを拾った――」

あっ、お草さんだ。こんにちは。と、あちこちから声が上がり、草は寺田にあれこれ説明する間もなく彼らに外へ連れ出され、学生の一人が構えた携帯電話の写真におさまっていた。写真ならお草さんも撮れよ。ねえ、みんなで撮らない？　そんな声も店内で聞いたが、誰が何を言い、誰によって集合写真の真ん中に立たされたのか、草はわからずじまいのままで笑みを作る。

「試飲どうぞ。水出しコーヒーがあるから」

楕円のテーブルについた長身で額の広い学生が、ありがとうございます、とにっこりする。前に名前を聞いたような気がして記憶をかきまわしていると、僕はナカツカです、と察しのよい返答があった。彼が持って示した、首に下げている名札には「アンドアース　リーダー　中司《なかつか》」と大きな文字で印刷されている。

「そう、リーダーの中司くんね」

「でも、今日は豆とか買ったら、もう行きます。僕ら、これから集まりがあって」

久実がレジを打ちながら、お草さーん、と声を張った。

「阿久津《あくつ》さんが、出直しますって」

草は自分に用のありそうな阿久津を思い浮かべた。この辺りでは、わりといる姓だ。

「裏手の？」

「じゃなくて、向日葵の方です。お伺いしましょうかと、一応声はおかけしましたけど」

そういえば向日葵をくれた常連も阿久津だったと、草ははっとした。

壁際のカウンター席には、空になった手びねりふうのグラスが残っていた。水出しコーヒーを試飲して帰ってしまったらしい。

「悪いことしちゃったわ」

常連のことをすっかり失念していた草は、新聞紙の包みをどこに置いたのだろうと辺りを見回し、久実に預けたのをやっと思い出したのだった。

わぁーにぎやか、と驚いたような声が出入口から聞こえた。見れば、二人連れの女性客が軒下で踵《きびす》を返して帰ってゆく。

ミントグリーンのTシャツの中司も、草と一緒にそちらを見ており、途端に立ち上がった。

「おーい、レジに用がない僕らは先に行こう！」

彼の一声で、半分ほどの若者がぞろぞろと出ていき、二台の車に分乗する。

草は「とう」のところがぴょんと跳ねて高くなる、独特のありがとうございましたで彼らを見送り、レジの手伝いに入った。

若者たちとは先月、日課で河原へ行った早朝に出会った。歩くついでにペットボトルや菓子の袋といったごみを拾っていると、広い河原の上流の方からミントグリーンのグループがごみ袋を持って現れたのだった。ごみ拾いや植樹、募金活動などを通じて環境問題に取り組むサークルだそうで、初対面のその時も草はせがまれて数人と写真におさまった。若い彼らは、まるで日記のように写真を撮る。

その話を寺田にしたのは、ミントグリーンの集団が小蔵屋オリジナルブレンドと値頃なフリーカップを十客ばかり買って帰り、すっかり客がいなくなったあとのことだった。

「お金あるね、彼ら。インカレのサークルなら普通、でかいペットボトルのお茶に紙コップじゃないの？」

地球の明日を考えてるんですって、と久実が会計カウンターを出てきた。

「それで『And Earth』なんですよね、お草さん」

「そういうことらしいわ。そうだ久実ちゃん、先に昼の休憩どうぞ」

ごみをなるだけ出さず、コーヒーかすも堆肥にするという彼らの活動について、草は付け加えておく。

すると、真面目だねえ、うちの娘たちなんかそこに急須があったってペットボトルのお茶を飲んでるってのに、と寺田が口をへの字にし、あはは、と久実が笑った。

「食後にコーヒーを淹《い》れるわ。事務所で久実ちゃんと休憩していくでしょ」

「もちろん。それにしても……」

ユニホームの帽子を取った寺田が、カウンターの隅に持参の弁当を置いてにやにやする。

「やだ、なあに？」

「お草さん、若いね。大学生とだって友だちだもん。心は二十歳《はたち》」

「友だち？　まさか。まっ、ごみ拾い仲間ってとこね」

「そこいくと親父なんて、どうなっちゃってるのか。お袋がうちに電話かけてきてぼーやくぼやく。仕事を辞めてから、昼まで自分の部屋にこもってて出てこないって。会いに行ってみりゃ、いつ床屋に行ったんだって頭してるし。説教してやってくださいよ」

寺田の父親である寺田博三《ひろぞう》、通称バクサンは草の旧友であり、コーヒーの師匠だ。今年五月、長く地元で愛されてきた和風フレンチのポンヌフアンを人に譲って引退した。

あっさりしたもので、草への知らせは当人からの電話一本だった。敬意を表して一度食べに行くわ、と言うと、三か月先の最終日まで予約でいっぱいだよ、としれっとしていた。まだ二月だった。

「大丈夫。バクサンだもの」

今度の定休日にバクサンと会う予定だが、草は口にしなかった。ここでは言えないことが多すぎる。


寺田の抱えてきた荷物を開けたのは、結局、翌朝になってからだった。

中身は若手陶芸家の作品だ。

二十九歳だという彼は、小蔵屋で個展を、と依頼してきた。

まったく知らない相手からの電話と書面では判断がつかず、草は試しに器を送ってもらったのだった。そのため、落ち着いた心持ちで目にしたかった。

縁側に入る自然光がちょうどいい。

段ボール箱の封を切り、隙間詰めの古新聞やチラシを取り除く。厚手の緩衝材を開くと、鉄分の多そうな黒っぽい素地の粗い肌が現れた。湿った地面に、ごく鈍く輝く鉱物の粒子をこぼした、そんな景色だ。最終的には窯の炎によって作り出されたというのに、長いこと土に埋もれていたかのような、ひっそりとした趣が感じられる。

取り上げてみると、両手に心地よい重みがかかった。土そのものといった感触、口縁の作りすぎない歪み、そこからややふくらんでゆく胴の丸みも悪くない。

パソコンで印刷したのだろう、カラー画像付きの貸出票には「丸鉢」とあり、数行の説明書きがあった。草は老眼鏡越しに目を通す。

「結晶釉《けっしょうゆう》……マンガンか」

段ボール箱には、もう一点、作品が入っていた。「花器」だ。

古い素焼きの赤い平板瓦を少し変形させ、二枚立てて合わせたような作り。左下部に、緑がかった灰色の、石灰藻《せっかいそう》に似た部分がある。百年ばかり海中に沈んでいた、と言えばそれで通りそうだ。高温の窯の中で接触し、一部が溶けて一体となってしまった別の何かの痕跡だろうか。やはり全体に、侘《わ》びた雰囲気がある。

用途は明確。それでいて静謐な美しさがある。鉱石や出土品に似て、気の遠くなるような時間を連想させる。用と美。両立するのは稀だ。

「これは……」

草は光の当たり具合を見ながら、それらを縁側に並べて置いた。洗濯機の終了音が鳴ったのだが、聞き流す。

丸鉢と花器を眺め、しばらく時を忘れた。

その後も、久実が出勤してくるまで、何回眺めたかわからない。

作品を見せたくて挨拶もそこそこになった。

ところが、いざ久実に面と向かったら、新しい髪形に気がいってしまった。

「あら、切ったの？　昨日仕事を終えてから」

夜十時までの美容院があって、と久実が恥ずかしそうに前髪を押さえる。瞼《まぶた》ぎりぎりに下ろしてゆるく波打たせた前髪、一段と短くなった襟足が、近頃すっきりしてきた体型にとてもよく似合っていた。髪色も少し明るくしたらしい。

両耳にかけた感じも素敵、と草があっちからこっちから眺め回すと、久実がさらに照れる。このまま、片方の耳元に大きく花を飾り、胸元の開いたウェディングドレスを着てもよさそうだった。一ノ瀬と同じネックレスの、二つの輪を組ませた飾りは今日、品よく詰まった丸襟の黒いブラウスの中におさまっている。

いよいよ結婚式の招待状が届くのかもしれないと、草は胸をふくらませた。もちろん、言いはしない。半ば逃げるようにして事務所へバッグを置きにいった久実を、ただ後ろから眺めていただけだ。

やがてショートエプロンをつけた久実は、黒光りする古材のカウンターに置かれた作品二点を前に、十秒ほど言葉を発しなかった。

「当たり、ですね」

「でしょ」

「なんか、こう、見ずにはいられない」

器から波動を感じるとでも言いたげに、久実が両手を自分に向けて指をくねくね動かす。

「まったくね。あれを、これに活《い》けたかったわ」

草は楕円のテーブルの中央を見やる。

盛りを過ぎた向日葵は野趣あふれる焼締《やきしめ》の角皿に横たえ、青々とした実の野薔薇は手漉《てす》き和紙に似た表情の水差しに活けて添えてあった。

あっ、そうだ、と急に久実が手を打った。

「阿久津さんは、お孫さんのことだそうです」

「お孫さんて……以前に何回かここへ連れてきた、あの女の子かしら」

おぼろげだが、おさげ髪の少女を草は覚えていた。あの頃は、まだ十代前半くらいだったはずだ。おれに似ず出来がよくてね、と常連は相好を崩していた。

「といっても、何年も前の話だから、もう結……」

結婚式の引出物でもおかしくないわね、と草は言いかけて口をつぐんだ。二人きりの時に結婚の話題を持ち出すのは、久実を急かすようでどうも気が進まない。だが、こうして尻切れ蜻蛉《とんぼ》になればなったで、妙な具合だった。

去年、久実はこう言った。

――プロポーズのこと、黙っていてもらえますか。結婚についてはきちんとしてから、寺田さんや由紀乃《ゆきの》さんに話したいんです。

草はあれを思い返すたび、お願いです、絶対にまだ言わないでくださいね、という懇願にも思えてくる。

寺田はその後の久実と一ノ瀬の様子から結婚へ進むと察したらしかったが、由紀乃は事の成り行きを知らずじまいだった。

がっかりさせたくない、という久実の優しさは、反面、重圧を軽減したいという防御反応でもあった。

しかたなく、草は素知らぬ顔で、また丸鉢と花器に目をやる。

右隣にいる久実も、それらに見入っている様子だった。

「それにしても初めは、自称陶芸家の困った人かも、って感じでしたよね」

二人で顔を見合わせ、くつくつと思い出し笑いする。

先月のうちに送られてきた書面を、久実が手にとる。

「ジョー・ナンバ（難波丈《なんばたけし》）。岡山県備前市生まれ。窯元の生まれかと思いきや、作陶とは無縁のサラリーマン家庭に育ってアメリカへ留学、大学では考古学専攻。南米やアジア圏で発掘調査の傍ら、原始的な方法を含むやきものを学び、独学で陶芸の道へ、ですもん。ストックホルム、ニューヨークにて個展を開催、好評を得る。その時のパンフレットが、このぺらっとした二つ折り。それも壺の写真が一枚載ってるだけ。型破りだと面白がるにも勇気が要るというか。まっ、実際に作品を見たら、なるほどーってなりますけどね」

陶芸家のジョー・ナンバです、と高めの声で名のるあの電話を、最後まで聞かずに切ってしまっていたなら――簡単には信用しませんよ、という自身の態度を思い出し、草は思わず額をかく。

それに個展の企画がなんとも、と久実が別の書類片手に小首を傾げる。

新進気鋭のこの陶芸家は、国内における最初の個展として、四十七都道府県巡回展を企画した。器を扱う各地の人気店に協力を呼びかけ、小蔵屋が年始の開催を承諾すれば全国の会場が決定する運びだという。七期に分け、基本的に彼自身が車で作品を運んでめぐるつもりだそうだ。

「受けようか。この作品ならむしろ光栄、無償でいいわ。そのかわり、二十五点の展示は入れ替え方式にして、うちに任せてもらう。売場面積をそんなにさけないもの。どう?」

久実が大きくうなずいた。ゆるく波打つ前髪が目元で揺れる。

「会うのが楽しみになってきました」

「ほんと」

でも、と久実が元スキー選手のたくましさで仁王立ちになり、腕を組む。

「なんか、どう見ても、花器の貸出票は別の作品のものですね。写真が違う」

「似てはいるけどね」

「荷物の到着だって、約束よりだいぶ遅れたし。事務仕事が苦手なんでしょうか」

「鷹揚《おうよう》というか、何というか。先々もいろいろありそう」

「でも、こうなると私たちが彼を見つけた気分」

「見る目あるわね、私たち」

にんまりしたその久実が、カウンターの椅子に置いてある段ボール箱に目を移し、今度は眉根を寄せる。中にあった隙間詰めの古新聞やチラシをつまみ上げる。

「普通、こういうのを詰めます？」

久実の手にはカラー刷りの、妖艶な水着姿を載せたスポーツ紙と、人と人が向かいあったデザインのハートの載ったチラシが揺れていた。ハート形のそのロゴマークは、全国に支部のある有名なカルト教団のもの。広告塔のタレント信者が時折週刊誌ネタになったり、以前に紅雲町でもその関係の騒ぎが少々あったりして、草も知っている。

「あら、『西方《せいほう》の峯《みね》』？」

「それ系のチラシですね」

こういうのは捨てなさいって、と久実がまだ見ぬジョー・ナンバに向かって言う。


この日は、久実の髪形を誉める声が続いた。

「イメチェンね。かわいい」

「というか、色っぽい」

「もしかして、彼氏ができた？」

三人の主婦に囲まれた久実は曖昧に微笑み、会計カウンターへと逃げてゆく。

草はその前を抜けて、ガラス戸を開けた。

「銀行へ行ってきます。久実ちゃん、よろしくね」

「いってらっしゃい」

久実だけでなく、客からも声が上がる。

店舗の前面にずらりと並ぶガラス戸の向こうは、まだ午前中だというのに強い日射しにめらめらしていた。

草は蝙蝠傘を広げ、その影を踏みつつ歩く。

小蔵屋の第二駐車場を過ぎないうちに、懐《ふところ》の電話が鳴った。

首にかけてある紐をたぐって引き出すと、携帯電話の画面には幼馴染みの由紀乃の名があった。すぐ出ればいいものを、と思いつつ、もう二回、着信音を聞く。

「もしもし、お待たせ。由紀乃さん？」

「草ちゃん、今、大丈夫？」

「大丈夫よ。銀行へ歩いてるとこ。暑いわ」

傘の下から、ぎらつく太陽を仰ぐ。

電話の向こうでは窓の方でも見ているのか、少し間が空いた。

「そうなの？　中にいると全然わからなくて」

「もう汗が噴き出てきた」

「久実ちゃんは、元気？」

「元気よ。それが久実ちゃん、髪形を変えたの。いっそう短くなって、こう、前髪がふわふわわっと――」

久実の髪形や客の反応について話すうちに、草の足は由紀乃の家に向いていた。いずれにしても銀行の帰りに覗《のぞ》いてみるつもりだった。

由紀乃宅の見慣れた庭には「売物件」の赤い看板。

夏前に庭師が入ったようだったが、見るたびに、生け垣や庭草は伸びていっている。ごみでも投げ込まれていれば拾うところだが、その必要はなさそうだ。

由紀乃は、久実の新しい髪形について楽しげに相槌を打ったあと、昼を食べに来ないかと草を誘った。もちろん、ここは空き家だ。それでも、草は中へ入っていけばソファがあって、由紀乃が座っているような気がしてくる。

「そうねえ。行きたいけど、今日は忙しくて」

「そう。じゃ、また今度」

「うん、また今度。電話してね。待ってる」

胸の奥が突かれたようにつんと痛んだ。

草は奥歯を噛みしめ、深呼吸した。もう慣れたはずだった。でも、こんなふうに会話がすんなりできると、かえって気持ちが揺さぶられる。

電話の切り方がわからなくなったのだろう。別の優しげな声が微かに聞こえ、それじゃまた、と二人の声が揃ったあと、ツーツーという電子音が聞こえてきた。今日は調子がよさそうだった。長男の妻やヘルパーが間に入ることもなかったし、紅雲町に住んでいると思っているくらいで話はおおむね通じていた。

「声だって、すごく明るかったし」

草は洟《はな》を啜《すす》り、顔を上げる。

去年の夏、親友の由紀乃は九州の息子のところへ行ってしまった。度重なった小さな脳梗塞が左半身の自由を奪い、認知症を進行させ、徐々に生活を変えていった。

——やっぱりね、自分でわかるうちにそうしようと思う。

短い、しかし揺るがない決意を転居前に聞かされた。久実が一ノ瀬からプロポーズされた翌月だった。あの時のあたたかな手の感触は、今も手の甲に残っている。

それから間もなく、もう一人の幼馴染み、代議士の大谷清治《おおたにせいじ》と会ったが、あれが最後だろうという気がしていた。彼に代わって京都での葬儀に出席したあと、そこの大谷邸へ報告がてら立ち寄り、萩の葉に雨粒が光る縁側に並んで座ったあの時が。二人を長年つないでいた秘密の人が逝ってしまっては、もはや会う理由もない。大谷に幼馴染み以上の気持ちを抱くようになっていたことは、親友の由紀乃にさえ言わずじまいになった。

耳の底か、身の内のどこかから、風に似た遠い唸りが聞こえる。自分の力の及ばないところで、めまぐるしく人生の季節が変わってゆく。

買い物袋を提げた近所の主婦と、草は努めて明るく挨拶を交わす。

由紀乃宅の斜向《はす》かいのその人から、何組も見にこられていますよ、と教えられた。バリアフリーマンションのモデルルームのような住宅だから人気らしかった。この家が建て替えられたのは、由紀乃が初めて倒れた際の入院がきっかけだったが、草としては半世紀も前のような気分だった。

銀行へ行くと、しばらく椅子で待つことになった。

その間、すぐそこにできた新しい洋菓子店の話を聞いた。洋酒のきいたフランス菓子で二時頃には売り切れちゃうだとか、この辺にはないお店だとか、中年女二人の快活なおしゃべりが静かな行内に響きわたっていた。たまたま銀行で出くわした仲よしらしい。

帰り道、草はその新しい洋菓子店前に立った。小蔵屋に電話を入れる。

「久実ちゃん、いま電話いいかしら」

「平気です。なんですか」

「今夜はどっちへ帰る？」

「えーっと、実家ですけど」

年末年始あたりから、久実はちょくちょく実家で過ごすようになっていた。結婚したらそうもいかないから、今のうちに。いつだったか、そんなふうに言っていた。

「新しい洋菓子店のケーキ、多めに買っていくわ」

「ごちそうさまです！　でも、新しいってどこに？」

「詳しいことはあとで。それじゃ」

洋菓子店は、ごく小さな店だ。設《しつら》えは白と青が基調で、筆記体の優美なロゴに赤が使われている。スーパーや銀行の並ぶ通りから一歩入った住宅地の、以前は民家だった場所だ。ショーケースも驚くほど小規模。小振りな生菓子がたった八種類しか並んでいない。使われているマンダリンオレンジや桃の色が鮮やかだ。白髪を結った凛とした店員によれば、若い職人一人で作っているのだという。

「他に、イートイン限定のものもございます」

「イートイン限定？」

「はい。お持ち帰りできない商品でして、店内で召し上がれます」

そうなんですか、と草は感心して、テーブル二つを見やる。「ご予約」の札が立っているものの、まだ誰もいない。鏝波《こてなみ》仕上げの塗り壁。蔓草模様の影を生む、はめ殺し窓の装飾ガラス。店舗は簡素に見えて、細部がさりげなく凝っている。入口脇には焼き菓子やジャム類も並んでいる。ベリー系のジュレが香るというブラックチョコレートのムース、キルシュをきかせたシュー菓子など全種類を買い求めた。久実の甥と姪のために、子供でも楽しめる味は二個にする。こちらは作りたてのため馴染む正午以降にお召し上がりを、と本日のメニュー表に丸をつけて渡される。空になったステンレス製ケーキトレイが引き上げられ、新しくケーキトレイにのった生菓子が補充されてゆく。

店を出ると、庭木の木陰にそって五組ほどの客が列をなして待っていた。帰る草の鳴らしたドアベルの音に合わせて、一人が入店してゆく。よく見れば、そのように入店するよう小さな案内板がドア脇に立てかけてあった。

客の波間でぽっと入店できた幸運に、草は初めて気づいた。銀行で耳にした二時頃には売り切れるという話も納得だった。

雲の多くなってきた午後、休憩時間に久実とケーキ二種類を分けあうことにした。

それぞれが自分のために器を選ぶ。久実はイッチンの白い絞り出し模様がケーキのアイシングふうで面白い黒釉《こくゆう》の角皿を、草はシンプルな白磁の丸皿を用意した。

「コーヒーは熱いのがいいわ」

「じゃ、私が」

久実がコーヒーを淹れ始める。いつの間にか、こんな機会が増えていた。

草は地元のＦＭ局の音量を上げた。

洋楽の往年のヒット曲を現代の若手が歌うカバー特集だそうで、草でも元歌がわかるものもあった。今の人たちの歌い方も、編曲も、軽くて明るく心地よい。

「暑い時には熱いもの、と」

この季節の草の口癖、つまりは草の亡母の口癖を、久実がまねる。

琺瑯《ほうろう》のやかんで湯を沸かす。その間に、ペーパーフィルターの端を折ってドリッパーにセット。湯をドリップポットへ移し、ドリッパーに入れたコーヒーの粉に湯を少しかけて蒸らす。頃合いを見計らって、また湯を注ぐ。その繰り返し。

コーヒーの粉を計量し、ふわりと入れたそれをゆすって平らにする手つき。細かな泡のドームの盛り上がりと引きに合わせた湯のタイミングと量。それらは草の淹れ方であり、草がバクサンから習った淹れ方でもあった。

それでいて、もちろん、久実なりのところもある。

蒸らす時の湯の注ぎ方などは、それこそ一滴、一滴、草には慎重すぎるようにさえ映る。そうかと思うと、蒸らしてからの湯の注《さ》し方は少々大胆なのだ。

淹れ立てのコーヒーは、白磁の小振りなフリーカップ二客に注がれた。

草は久実の視線を感じつつ、いただきます、とコーヒーを捧げ持ってから、香りと味をじっくりと味わった。

「おいしい。味が安定してきたわね。よかったら今度、試飲用のコーヒーも淹れてみる?」

久実の表情が、ぱっと明るくなった。

「いいんですか」

「もちろん」

この頃は、久実のコーヒーを寺田も誉める。

「なんだか暇ね、今日」

「昨日は一日中わさわさしてたのに」

カウンター内から眺める店前の駐車場はがらんとしており、道にも人影はない。

小窓から見える丘陵方向の空には、入道雲がわき上がっている。

「まっ、いいわ、こういうのも」

「そうですね、たまには」

つつきあうとぐちゃぐちゃになりそうね、と草はケーキを切り分ける。

「あー、ちょっと切り方が下手だった。おっきいほうをあげる」

「もっと下手でもよかったのに」

ナイフを置いた草は、肘で久実の脇腹をつつく。

草は由紀乃からの電話について話さなかったし、久実にも結婚に関して訊かなかった。じっと一人で厳しい変化に慣れていったほうがよい時もある。それに、ケーキの時間はケーキの時間だ。久実も似たような気分なのか、ナイフについた茶色いクリームを指で拭っては舐めるのに夢中だ。

「うーん、なんだこれ……甘くない。ほんと甘くない。なのに……おいしい……」

ケーキは、味のほうも噂に勝っていた。

コーヒーの遠慮なしの苦み、ブラックベリーの酸味、酔うかと思うほどの洋酒の刺激と香りはまさに大人の味。加えてナッツやメレンゲのザクザク感や、ムースのなめらかさなど、最初は個性が強すぎてバラバラに感じるものが口の中で渾然一体となって調和してゆくのを確かめているうち、夢のように食べ終えてしまっていた。久実は、この二種類は子供には絶対無理、大人になるっていいですねー、と実にうれしそうだった。

日常に、はっとするような驚き。

小蔵屋もこんな店でありたい、と草はしみじみ思う。


その晩のこと、小蔵屋にミントグリーンの封筒が届けられた。

閉店後、それは出入口際の三和土に落ち、軽い音を立てた。

戸締りしてブラインドがわりの簾《すだれ》を下ろしたあと、事務所を往復した草が最後の明かりを消そうとしたところだった。

ガラス戸の隙間から差し入れたのだろう。招待状サイズの洋封筒の、表には「小蔵屋　杉浦草様」、裏には「アンドアース リーダー 中司」とあった。彼がさっと立ち寄って置いていったらしい。だが、簾をずらして見渡してみても店前の駐車場に人影はなく、車の音もしなかった。どうもガラス戸の隙間にとどめてあったものが、滑り落ちたようだ。

「よく私の名前がわかったわね」

糊付けされていない洋封筒の中には、写真が入っていた。

先月河原で撮った一枚と、昨日のものだ。

草は淡いオレンジ色の明かりの下で、二枚の写真に目を凝らした。

着物姿の老婆は、河原ではふっくらした青年と長身で額の広い中司に挟まれて微笑み、店前ではミントグリーンのTシャツ姿にすっかり囲まれて、まぶしそうな、見方によってはちょっと怒っているような表情を見せていた。

「あらら、どっちもベンガラ染め……」

年齢を考え、ここ何年にもわたって着物を整理してきた自分を振り返り、まあいいか、と草はひっそり笑った。

三つで逝った息子の良一《りょういち》にも見せようと、仏壇の幼い遺影の前に供える。

「まあまあ、お店をしているといろんなことがあるわね」

何もかもがこうして過去になってゆく。

そんな心の中を聞き、そりゃあそうさ、と良一が大人の声で答える。

アルバムが入っている押し入れに目がいったものの、開けはしなかった。そこには両親、兄、妹、もちろん幼い頃からの由紀乃や大谷清治もいる。

だが、生きているこのただいまに必要なのは、夕食だった。

テレビをつけ、スペインを歩く番組を選び、音量を上げる。青い空。白い入り江。カメラが旅人となって映しだす、その土地の老若男女の姿が草の心をとらえた。異国の陽気な話し声と音楽が、狭い台所にも響いてくる。

草は冷蔵庫を覗き、冷凍してあった鯛飯、作り置きの牛肉のしぐれ煮、茄子の煮びたしなどをレンジでさっとあたためる。これだから、轟々とうるさい換気扇をつける必要もない。デザートとして、カット売りのパイナップルを冷凍庫からふた切れ出し、ガラスの小鉢で添えた。食べる頃にはシャーベット状になって夏向きなのだ。鯛飯は二合の米をとぎさえすれば炊けるという、出し汁と焼いた鯛の切り身のセットのいただきもので作ったのだった。

「近頃はなんでも便利になって」

届けてくれたご近所の言葉が、草の口からもこぼれる。

居間の座卓で食事を始めた草は、スペインの海辺の街から、茶簞笥の上にある写真へ視線を移した。

角形のガラスに切れ込み一つのカード立てで飾ってあるそれは、去年の晩秋に丘陵の山荘――通称「山の家」――で行われたバーベキューの集合写真だった。

集合写真というには少々妙な写真で、ウッドデッキのある山荘を背に二十人ほどの参加者全員が並んではいるが、誰も前を見ていない。土曜の日没後、煌々《こうこう》と明かりのついた庭で、カメラをセットした者はレンズに背を向けて歩き、ある者はビールを飲みながら炭火のコンロの方を指差し、数人はそちらへ駆け出し、他はそれぞれの話に興じている。草自身も何が可笑しいのか横を向いて笑っている一人だ。秋の枯れ葉が雪のように舞い散っている。まったくの失敗作だが、不思議と人気の一枚だった。

そもそもが、おかしな集まりだったのだ。

あそこでバーベキューをしようと言い出したのは、久実。当初は嫌がっていたくせに祖父の山荘を提供してみんなに声をかけたのは、去年の梅雨時にひょんなことから知り合った若い朔太郎《さくたろう》。それから、やはりその頃知り合った地元のフィルムコミッションの犬丸《いぬまる》もいた。久実と犬丸のスキー仲間、久実の両親や兄の家族、朔太郎の父や知人もいた。運送屋の寺田は忙しくて参加できないのにビールを差し入れてくれ、一ノ瀬は参加者全員に自社製品の手みやげ——贈答品で人気の梅加工品——を予め用意したものの、梅園の小火《ぼや》で急遽呼び出され、山の家にたどり着く前に欠席の電話を入れてきた。梅園もバーベキューか、などと不謹慎な冗談も飛び交った。

久実によれば、あれから一ノ瀬は責任ある仕事を任されるようになり、いっそう多忙になったのだった。小蔵屋には、年末に一度訪れたくらいだ。一ノ瀬食品工業は食品包装機械メーカーだが、大規模な梅園も持ち、梅加工食品の製造に至るまで業務は幅広い。手を広げすぎたのだ、と彼は言っていた。

犬丸や朔太郎とも、草はバーベキューで会ったきりだった。

「みんな、それぞれで」

思い立って、あのとき手みやげとしてもらった梅酒の残りを、古い江戸切子の盃に注いだ。一人きりの食卓で、盃が黄金色に輝く。梅酒はとろりと甘く、よい香りが鼻に抜ける。細身の洒落《しゃれ》た瓶のラベルには、力強い筆字の「一富」の文字があり、華やかな席を思わせた。一ノ瀬食品工業を知らなくても、高級感と縁起の良さの漂うこのロゴ、あるいは一富《いちとみ》梅園を知っている人は実に多く、草も一ノ瀬公介を知るまではその部類だった。

その夜の寝付きは早く、午前二時半には目覚め、それから何度も寝ては目覚めた。明け方、幸せな夢を見た。夢の中のバーベキューには、元気な由紀乃もいた。多点杖も車椅子も必要なく、忘れた人もなく、若い人たちに肉や野菜をとってあげ、あんまり飲めないのよ、と言いつつビールの酌を受けていた。その様子を座って眺める草の隣には、由紀乃がさっきまでいた、アウトドア用の折りたたみ椅子があった。

着心地は夏向き、色合いは秋。

定休日の午後、草は楽な浴衣姿から、砂色の地に細線の小千谷縮《おぢやちぢみ》、紗《しゃ》の博多八寸帯に着替えた。旧友バクサンとの早い夕食のため、四時少し前のバスに乗る。川向こうの中心市街地にある新幹線駅のバスターミナルで別のバスに乗り換え、隣の市へ向かう。一番後ろの席の隅にゆったりと座り、商人の多い街から官公庁街へと移動する。この地域では、一家に数台のマイカーが当たり前。そのため、この時間帯でも中高生がいる程度で乗降客はそう多くなく、通りすぎてしまうバス停もしばしばだ。

駅前では半日ばかり東京で遊んできたという知人と挨拶を交わし、総合病院前のバス停では乗車してきた小蔵屋での顔見知りに目礼した。近年は人の流入と市町村合併によって三十六万人を超える市となったが、今も出かければ知人に会うのが常だ。

路肩の電光掲示板が示す気温は、この時間になってもまだ三十一度。

日射しの角度だけが九月だった。

車屋だらけの国道沿いでは、外国車正規ディーラーのショールームがガラス張りの一段と高い建物になっていた。郊外型ショッピングモールは、店舗の一部に動きがあったのか、看板を掛け替える工事の最中。高速道路の入口近くでは、出店当時に大きな話題だったファストフード店が色褪せ、営業しているのかどうかも定かでない。

流れる車窓の景色に、丸顔丸眼鏡の由紀乃の穏やかな笑みや、代議士より教師のほうが向いていそうな大谷清治の横顔も、浮かんでは消えてゆく。移り変わってゆく街同様、人も変わってゆく。当たり前のことを、草はまた思う。

そのそばから脈絡なく考えが飛び、地元情報誌の特集号『グルメランキング』にあの洋菓子店は載らないだろうな、などと考える。載らないでほしいという願いに近かった。そういえば、バクサンの店だったポンヌフアンは、ずっと「洋食」一位に選出されてきたにもかかわらず、掲載を断り続けたのだった。それを編集者との雑談から草は知っただけで、バクサンはおくびにも出さなかったし、あるいは忘れていたのかもしれない。

そんな男を前に、草はシャンパングラスを掲げた。

「バクサンの未来と、新生ポンヌフアンに」

散髪してきたバクサンもシャンパングラスを掲げ、こんな日が来るとはね、と口角を引き上げる。ついこの間までオーナーシェフだった店に、こうして客として座っているのだ。草ですら、同様の感慨を抱かざるを得ない。

冷たいシャンパンが喉を滑り落ち、食欲をそそる。

今日は節目を祝うつもりで、草が予約した。誰と一緒かまでは店に伝えなかった。わざわざ伝えなくていい、とバクサンが言うから、従っておいたまでだ。

「結局、ここはポンヌフアンのままなのね」

「この店は、おれ一代限り。そう決めていたが、スー・シェフの佐藤に押し切られた。というか、従業員全員に。寺田博三の名をけがすような真似はしない、とね」

現在は、その副料理長だった佐藤が店を買い、オーナーシェフを務めている。そこについては二年近く前から、水面下で話を進めてきたそうだ。

「尊敬されてるのよ」

「とも限らんさ。おれは、もっと現実的な話だと思っている。ポンヌフアンの看板が、しばらくは客を呼ぶ」

客は正直だから恐い。前菜を口に運ぶバクサンの顔に、そう書いてある。

とはいえ、前菜の長皿が草の倍近い速さで空になったところをみると、新生ポンヌフアンの滑り出しも合格点なのだろう。焼き目をつけた鮑《あわび》の薄切りや銀杏、揚げた根野菜のスライスは芳《こう》ばしく、ベビーリーフの緑や臙脂《えんじ》色、パプリカの黄色が初秋の散歩道を連想させる。ソース二種は抽象画のような曲線を描いて添えられ、舌にも実に楽しい。

「本当に軽いほうのコースでよかったの？」

「充分だよ」

フランス窓寄りのこのテーブルを、遠くカウンターの方からシェフの佐藤や従業員がうかがっていた。草は彼らに小さく、しかし、しっかりとうなずいておく。バクサンの肩ごしに、彼らの笑みが返ってくる。

前菜に限らず、そのあとのグラニテ、すだち風味のザクザクした口直しの氷菓子にも、バクサンの残したものが色濃い。基本に忠実で、旬を逃さず、それでいて美しく遊び心もある。

すぐそこに小振りな石橋のある、土壁の西洋風田舎家のつくりも以前と変わらない。が、中へ一歩入ると、雰囲気は大きく変化していた。白シャツ、黒のズボンとロングエプロンだった給仕係は黒いシャツとズボン、グレーのロングエプロンとなり、テーブルと椅子もシャープなデザインのものになった。時代を反映してか、二人用テーブルが増え、落ち着けるカウンター席も増設されている。

紺のシャツに千鳥格子のズボン、かっちりとしたワンショルダーバッグという若々しい恰好の元オーナーシェフに、気づいた客はいなかった。

「店内が新鮮な感じ。モダンになったわ」

「おれが強く勧めたんだ。何もかも前と同じなんて、緊張感がなさすぎる」

「とか、なんとか言って、その費用を負担したんじゃない？」

バクサンが、ちらっと上目遣いに草を見た。だが、否定はしない。彼は身内に厳しかった。それが愛情なのだ。それに秘密主義。草は可笑しくなってしまって堪えられなくなり、下を向いた。

「何が可笑しい。肩が揺れてるぞ」

「言えばいいのに」

「何を」

「小説を書いてるって、家族に」

なんでわかる、とバクサンがあっけにとられたみたいに目を剝いた。

草は大きく息をついた。

「だって、バクサンだもの。引退後、いつ散髪に行ったかわからないような頭で、昼まで部屋から出てこないなんて、それしか考えられない」

運送屋のおしゃべりめ、とバクサンはここにいない息子に悪態をつき、給仕の気配に慌てて続きを呑み込んだ。

寺田博三が戦後の混乱期に、文豪とあだ名された前途有望な書き手であったこと、頼みの兄が亡くなって下のきょうだいを食べさせるために筆を折ったことを、この辺りではもう草以外に知る者はいない。バクサンも、草の恋人でのちに夫となった男が率いた芸術家集団「天」の一員だった。といっても、草自身は部外者で、ただ彼らの傍らにいたに過ぎない。

グラニテ用だった足付きのショットグラスが下げられ、表面はカリッと中はしっとりと焼き上げた近江牛のメインと赤ワインが運ばれてくるまで、二人はしばらく黙った。

草が捉えたバクサンの瞳の中に、あの頃がきらめいていた。

「小説を書いているって、どうして家族に言わないの」

「ふた家族を養ってきたんだ。最後くらい好きにさせてもらう」

「秘密主義ねえ」

「集中できる」

「あら、妨げて悪うございました」

「いいさ、言うつもりだった」

「じゃあ、くやしがることないじゃないの」

「先に当てられたのが癪《しゃく》なんだ」

メインを食べながらのそんなやりとりの末、バクサンが隣の椅子に置いてあるワンショルダーバッグをさぐり始めた。何を探しているのか、紙片がたくさん挟み込まれた革製のシステム手帳、分厚い文庫本がテーブル上に次々出てくる。

草は文庫本を手にとり、タイトルを見た。

「『無人首都』か」

それは、だいぶ前に刊行された長編小説だった。東北沖の巨大地震による原発事故を描いたフィクションだ。原発四基のメルトダウンによって放出された大量の放射性物質が関東方面を容赦なく襲い、首都が無人になるという国家的危機を描いている。出版後、国内ではしばらく箝口令《かんこうれい》でも敷かれたかのようにまったく話題にならなかったものの、次のチェルノブイリ級原発事故は日本で起きると分析する海外ドキュメンタリー番組がこの小説をまるで予言書だと評したため、ある意味逆輸入のような形でベストセラーとなっていた。草は週刊誌の記事や書籍の宣伝を通じてそういった事実を知ったが、作品を読むまでには至っていない。

「面白い？」

バクサンは横を向き、まだワンショルダーバッグの中を探っている。

「ああ。面白いし勉強になる。ノンフィクションのような迫力だよ。なにせ、著者は経産官僚の息子で、電力会社の原発技術者だった人物だ」

「こんな巨大地震と原発事故が、実際に起こり得るかしら」

「可能性はあるさ。この小説も、千年前実際に起きた東北沖の貞観《じょうがん》地震を基にして描かれている」

「勘弁してほしいわね」

「天災は忘れた頃にやってくるのさ。もし『無人首都』のようなことになったなら、おれは有権者の一人として自分を許せないだろうな。国が崩壊するどころか、命の源の大地を、水を失うんだ。こんな地震列島で原発なんていかれてる。まして、原爆を二つも落とされた国なんだ」

「同感」

「ところで、由紀乃さんはどうした」

あのね、そういうことをズバッと訊くのはバクサンくらいよ、と草は笑った。

「寺田さんも、久実ちゃんも、自分からは由紀乃さんの名前を出さないもの」

「口にしないからって、現実が変わるわけじゃない」

「まあね。昨日、由紀乃さんから電話をもらったわ。調子がよさそうだった。久実ちゃんのことだけは、本当によく覚えてるのよ」

「そうか。いずれ、おれたちも行く道だ」

バクサンは、とうとう見つけたとばかりに、文庫サイズの厚い冊子を取り出した。

眼鏡をかけなよ、と促され、草は西陣帯地の利休バッグから老眼鏡を取り出した。小冊子は手に持ってみると厚いわりに軽かった。知らない小説誌だ。季刊誌のようで、夏号とある。

やがて草の目は、表紙の一行に釘付けになった。大きめの文字で「新人賞 寺田博三『終わらない宴』」と印刷されていた。

草は、バクサンと小説誌を見比べた。

「どうだい。八十枚の短編だ」

「どうって……いつの間に……」

「引退前。去年の秋に応募した。頭の中で書いては文字にする。それと推敲の繰り返しだ。不思議とブランクは感じなかった。日記帳に雑文も書いてきたからだと思う」

草が見ていたのはもう、眼前の意志堅固な男の顔でも、小説誌でもなかった。かつて厨房で働くために駅から旅立った青年寺田博三の姿と、そのもっと前、ホテルを経営していた支援者が芸術家の卵たちに酒と洋館ホテルの一室を提供してくれる晩の野放図な宴だった。詩人もいた。絵描きもいた。戦後で貧しかったが、誰もが希望を抱いていた。

　草の胸は早鐘を打ち始め、熱いものがこみ上げてきた。気づけば、夕日が窓辺まで金色に染めていた。

「まったく、もう……噓みたい」

「ご挨拶だね。おれは自信があった」

「これで家族にばれてないの？」

「誰にもわかりゃしないさ。授賞式もない、小さな賞だ」

　泣いてたまるかと、草は震える手でシャンパンの残りをあおった。

　背高のっぽで眼鏡の初之輔《はつのすけ》を思う。やはり天の一員だった彼はバクサンを天才と呼び、尊敬し続けていた。この知らせを聞いたなら、どれほど喜ぶことだろう。けれど、ここで初之輔の「は」の字でも出そうものなら、涙があふれそうだった。

　草の動揺を肴に、バクサンが実にうまそうに赤ワインを飲む。

「賞は小さいが、おまけがある。これを長編にして出版したいと大手から声がかかった。選考委員の一人が仲立ちしてくれたらしい」

「天の仲間の物語？」

　やな女だね、とバクサンが睨んでくる。

「そこも言い当てるのか。告白のしがいがないだろう」

　とうとう草は声を立てて笑った。目尻を拭い、洟を啜る。

「みんなからモデル料を請求されない？」

「あくまでフィクションさ。現実そのままのわけがない」

草は小説誌の頁をめくり、掲載されている寺田博三の『終わらない宴』を開いた。手のひらで、その輝かしい活字をなでる。

「読んだら？」

「やだ。借りていって、一人でじっくり読みたい」

「いいよ、あげるよ」

さらに草は頁をめくり、講評にざっと目を通す。若い小説家の不審死をめぐるミステリー仕立ての青春ものらしい。「疾走感あふれる」「軽妙かつ重厚」「腹をえぐる」などと五人の選考委員全員が作品を手放しで評価し、経済的な問題から小説の道をあきらめて料理人となった著者の経歴にも注目していた。「失礼ながら、もっと若い書き手だと思っていた」との言もある。

草の耳に、天の仲間たちが立てる笑い声や器の音、喧嘩腰の芸術談義がわき上がってきた。時を超えた喝采にも聞こえる。

「なるほど。それで今、必死に書いているってわけね」

きれいに平らげたメインの皿を前に、バクサンがうなずく。充実した微笑みだ。

「この一冊で、あり得たかも知れない未来を生きる」

別世界で作家だったことがあって、その仕事をもう一度なぞるだけだとでも言いたげな、自信に満ちた声だった。

草は、おめでとう、の一言をやっと口にした。興奮しすぎて遅くなってしまった。もう寺田博三の書籍が見えるようだった。きっとバクサンなら成し遂げる、という確信が身体を熱くする。長編が刊行されたその時、家族や知人も寺田博三が素晴らしい書き手だと知ることになるのだ。

「ああ、人生って面白い。生きてみるものね」

「まったくだ。もう三十年以上前になるか。おれ、死にかけただろ」

「大変だったわね、あの頃。再発の恐れもあったし」

「実はあれから、ある人を見習ったんだ。毎日できるだけ歩くようにした。紺屋の白袴を返上して食事にも気を遣った。若い人たちとも気軽に話し、厨房の外にも眼を向けるよう心がけた。パソコンだって、ある程度使えるところまで学んだ。ずいぶんと世界が明るくなったよ、おかげさんで」

「出会いね。一緒に入院していた人？」

「目の前の御仁だ。あの頃からの蓄積が、今おれに小説を書かせている。恩に着る」

思いがけない謝辞に、草は目を瞬《しばたた》いた。

「でも、今日は遠慮なくご馳走になるよ」

バクサンがグラスを掲げて赤ワインのおかわりを注文し、この二人に似合わない空気をかき消す。

この頃は、よいことも、そうでないことも、車窓の眺めのようにめまぐるしく、自分にはどうにもできない速度で過ぎてゆく。

草はまた、どこかで凪のような遠い唸りを聞いていた。

フランス窓の外へ目をやったものの、残照の中で青味をました庭の木や花は少しも揺れていない。

──口にしないからって、現実が変わるわけじゃない。

ほどよく酔いのまわった頭に、さきほどのバクサンの言葉が浮かんだ。

一ノ瀬公介が小蔵屋に顔を見せなくなって、もう八か月以上経っている。そのくせ、小蔵屋の老店主はそのことを自分からは口にしない。一体、なぜなのか。

そう、草は他人事《ひとごと》のように考えてみる。

第二章

山の頂、梅の園

――七年後――

息が上がる。酸素不足で、四肢は鉛のように重く、頭も働かない。

振り返ると、リーダーの久賀《くが》が動かなくなっていた。かき分けてきた雪の中だ。

六月二十七日、カラコルム山脈の、パキスタンと中国に跨がるこの一帯は晴れていた。北西方面の向こう、やや上に、ガッシャブルムⅡ峰の頂が見える。

こっちは八千メートル弱か。

一ノ瀬公介は息を落ち着かせようと努力しながら、自分たち二人パーティーのいる標高を推し量る。疲れから、登山用腕時計の高度計を見もしなかった。目指すガッシャブルム山塊の最高峰、ガッシャブルムⅠ峰八〇八〇メートルの頂は、この四十五度以上ある急傾斜の雪のたまったルンゼ、山腹に縦に走る岩溝の先だ。風が広いルンゼを舐め、舞い立った雪が砂のように顔を打つ。

ベースキャンプを出てから、すでに四日が過ぎていた。酸素ボンベを用いず、一気に登るアルパインスタイルのため、スピード優先で軽量化をはかり、食料も登攀《とうはん》具も最小限に抑えている。

ここまでだな。

一ノ瀬は単純にしか考えられなかった。苦しい。吸っても吸っても酸素は足らず、心臓の鼓動も速い。久賀と同じく高度順応に長《た》けた体質とはいえ、気圧・酸素濃度が平地の三分の一、この時期でも気温マイナス十五度から三十五度という死の領域では、限界を告げる警告音を身体が発し続けている状態だ。まずは久賀のいるところまで戻るために、十メートルほど左下へ慎重に下りてゆく。登った跡を利用する。だが、岩や氷雪に突き刺すなどして使うピッケルとバイルを両手に持ってダブルアックスを一振り一振り、足を蹴りこんでアイゼンの爪を一歩一歩、確実に決めてゆくのは下りも同じことだった。失敗すれば二千メートル下まで落ちる危険もある。といって、斜面に刺激を与えすぎたり、深く長い均一な溝をつけたりすれば、雪崩を誘発しかねない。

久賀はルンゼの端の岩の窪みに座り込み、すでにビバーク用携帯簡易テント、ツェルトを被っていた。久賀が膝を使って横へ移動していった様子を、一ノ瀬も下りる際に目の端で見ていた。ゴーグルをずらし、防寒用目出し帽から出た互いの目を覗き込む。

「左足首？」

「ええ。大丈夫だと思ったけど、少々骨を傷めたかもしれません」

七千六百メートル地点で雪崩に遭っていた。先に一ノ瀬が右上方の雪氷がひとかたまりズッと下へ動いたのに気づき、二人ともどうにか難を逃れた。その際に、久賀は左足首を痛がったものの、大丈夫だと言ったのだった。

一ノ瀬が患部の方へ手を伸ばそうとすると、頼むから触らないでくれとばかりに、久賀が大きく首を振った。

「ここで僕は撤退します。生きて帰りたい」

悲壮さのまったくない声が言う。

一ノ瀬と違い、久賀には妻子がいた。妻は大学の山岳部で出会った人で、娘はまだ四歳だ。人生におけるこの正直さと勇気を、彼の登攀技術以上に一ノ瀬は尊敬していた。六歳年下のそうした久賀に誘われて、エベレスト山脈のブロード・ピーク八〇五一メートル、メルー中央峰六三一〇メートルの登頂に成功してきたのだった。その中には、メルー中央峰での二度の撤退も含まれる。最高度のロッククライミング技術を要し、多くの登山家を退けてきたシャークスフィンルートに、最初の挑戦で自分たちには無理だと見切りをつけ、別ルートでのアタックに切り換えた。

一ノ瀬が進言するまでもなく、リーダーの久賀がそう判断したのだった。

一ノ瀬は、ガッシャブルムI峰の頂上方向を見上げた。

青空と山の境界線は見えるが、それが山頂でないこともわかる。

「頂上に立ってきてください」

何を言ってるんだと、一ノ瀬は半ばあきれて久賀を見返した。もし自分が登頂を目指して無事に戻れなければ、久賀を一人にさせる。ただでさえ、下山中に命を落とす危険は高い。痛む左足を引きずって単独ではなおさらだ。単独登攀が基本の二人だが、今回も雪をかき分けルートを見極めるトップを交代で行い、それでもやっとなのだ。

だが、この好天と機会を逃さないほうがいい、と久賀が譲らない。

ベースキャンプまでは雨と雪に悩まされた。高度順応の期間に訪れた好天は氷河のクレバスをゆるませ、雪崩や落石を引き起こした。以後も悪天候は繰り返し、何日か足止めをくらい、眠れない傾斜でのビバークも余儀なくされた。久賀の言うとおり、今日のこの好天は頂上を目指すには絶好であり、今年四十代に入る一ノ瀬にとってはガッシャブルムI峰にアタックする最後の機会でもおかしくない。

「僕は五時間休憩してから、下山を始めます」

「あのな、くーさん、置いて行けるわけがない――」

「僕は、あなたの弟さんじゃない」

不意打ちに、一ノ瀬は言葉もなかった。睫毛《まつげ》の影がかかる、馬に似た穏やかな目を見つめる。

地元の谷川岳で一緒に過ごした折に、友人を山で失った話を聞いたあと、亡弟について話したことがあった。一つ下の弟は登山に途中までついてきて、カメラ片手に恋人とハイキングを楽しみ、間違っていた道しるべに従って、誰も死にそうにない沢に転落して命を落とした。大学一年だった。男四人兄弟の末っ子で、一人だけおとなしかった。確かに、この百八十センチメートルの屈強な久賀とは似ても似つかない。

この標高では、言い争うことすらエネルギーの無駄だ。

「わかった」

午後〇時五分、一ノ瀬は頂上を目指して出発した。

テントを残し深夜に出発した七千百メートル地点から、すでに十時間以上が経過していた。

睡眠不足の上、食料節約と食欲不振で口にできたものもわずかだ。まるで苦行僧だ。だが、悟りもへったくれもなかった。酸素不足の朦朧とする頭で、動かなくなりそうな肉体に鞭打ち、這《は》うようにして手足を一つ一つ確実に進め、ひたすら上を目指す。ただそれだけだ。下界の何一つ、すぐそこで待つ久賀やあの世の弟のことすら、もう頭になかった。死はそこにあり、ただ生きるために生きる。山に魅せられ、いつしかそうした単純極まりない解放を求めて高みを目指してきた、そのことすら忘れていた。己の限界を毎秒思い知らされる一方で、外界との境が融けてゆく。自然に脅かされつつ、自然そのものになる。その意味では、虫や獣と何ら変わらない。

もう、一歩ごとに休まなければ進めない。それでも、見えていた青空と山の境まで上りつめると、急に傾斜がゆるやかになった。それを見たら、続けて何歩か出るようになった。なだらかな真新しい雪面を右上方へと足のみで登る。やがて登る先はなくなり、たくさんの雲と、岩と雪の峰々を眼下に見渡せる場所に立っていた。頂上だ。

異名はヒドゥン・ピーク（隠れた峰）。

以前、でかいのに慎ましくていい、と一ノ瀬が評した山であり、ですよね、行きましょうよ、と久賀に笑顔で応じさせた山だった。現地語で「美しい山」を意味するガッシャブルムの中で、最高峰にもかかわらず、主要なアプローチルートのバルトロ氷河からは他のII峰などに隠れて山体が見えないのだ。

一ノ瀬は登山服のフードを下ろし、ゴーグルを毛糸帽の上にずらした。

肉眼には、空と山しかない世界はまぶしすぎた。腕時計を見ると、午後二時二分だった。腹の奥にじんわりと広がる満足はあっても、八千メートル級をまた一座制したというような特段の感慨はない。もう登らずに済む、ただそう思った。スマートフォンで数枚の写真と短い動画を撮り、わずかな休憩後、下山にかかった。雲が多い。不安定な天候は続く。あなたを見てると恐くなくなる、と久賀によく言われるが、だからといって、恐怖心がないはずもない。

生きて帰りたい。

久賀と同じ思いだった。ここには神も仏もない。あるのは山のみだ。生きて帰らせてくれ。そう山に頼む。

七月半ば、土曜の成田空港は混雑していた。

ギプスで左足の脛《すね》から下を固めた久賀が、片足飛びで両腕を広げ、カラフルな花柄Tシャツの妻子を抱きしめた。カートの大荷物に立てかけてあったアルミ製の松葉杖が、カタンと床に倒れる。妻がだっこする娘は久賀の不精髭を嫌がってのけぞり、妻は夫の汚れて油っぽい頭髪に不満顔をする。松葉杖を拾ったのはスーツ姿の男、高橋朔太郎だった。ついさっき、帰国した件を含めて一ノ瀬とたわいないメッセージのやりとりをしたところだが、空港にいるとは書かれていなかった。

斜めに垂らしたくせ毛の前髪をかき上げた朔太郎は、久賀の妻から娘を預かり、さらに娘をカートの荷物の上に乗せてやりして、彼らと談笑し続けている。どう考えても初対面のはずなのに、くーさん、いずみさん、のんちゃん、と呼んでいるのが、離れた場所にいても聞こえた。

「なんてやつなんだ」

片頬で笑った一ノ瀬は、そうだった、と直近の別件を思い出し、広すぎる空港ロビーを再び眺めまわす。

　すると、人ごみの五十メートルほど向こうから、誰かを必死で探しているらしい老人がやって来た。今ここで聞いたとおりの、太った禿げ頭だ。一ノ瀬が向こうへ手を伸ばして、あの方でしょう、と傍らの高齢女性に言うと、夫とはぐれたという彼女は目を細め、首を右へ左へと伸ばし、やがてほっとした笑みを浮かべ、何回もお辞儀して小走りに去っていった。小柄な痩身と、項《うなじ》の辺りで丸く小さくまとめた白髪が、小蔵屋の杉浦草を彷彿とさせた。久実と別れた年以降まったく会っていなかったから、こんな場所で思い出したことを不思議に思いもした。しかも、今の老女は着物姿というわけでもない。

　自分の荷物でいっぱいのカートを押してゆくと、朔太郎がこちらを向いて一重の目を細めて微笑んだ。そういえば、と一ノ瀬は思った。そういえば、久実ときちんと別れたのは朔太郎が就職した次の年だったな、と。

「朔太郎、おまえ就職して何年になる」

　八年、と当惑顔で答えた朔太郎が、これだからー、と久賀夫妻に訴えかける。

「頼みますよ、一ノ瀬さん。おー迎えに来てくれたのか、なんで帰国便がわかったんだ、そのくらいのこと言いましょうよ」

　久賀と妻が噴き出した。

　一ノ瀬は朔太郎に肩を組まれ、ガクッと膝が抜けた。下山も過酷で、降雪によって撤退を決めたイタリア人ペアの助けをかりるまで久賀を何かと支えた。そのため足腰がまだ本調子ではない。

両親に遅れて、のんちゃんも薔薇色の頬にえくぼを浮かべてキャッキャッと笑いだし、カートの荷物の上で両足をばたつかせた。手を広げて、イチー、イチー、とだっこをせがむ。しかたなく、一ノ瀬は自由になるほうの腕を伸ばしてだっこのまねをしてやる。朔太郎と三人の円陣みたいになり、のんちゃんはご機嫌で、ソーダのような甘いにおいの息を放ってさらにはしゃぐ。父親似の長い睫毛が一ノ瀬の首にこそばゆい。

七年か、と一ノ瀬は思った。

朔太郎が東京へ出て民生党の職員になってから八年。つまり、久実と同棲を解消して、小蔵屋の草と会わなくなってから七年が過ぎたということだ。

やがて、朔太郎が高々と腕を伸ばし、自撮りの姿勢で全員の写真を撮った。四歳の女の子を中心に、年中スーツの男と、日焼けしたむさ苦しい男二人、夫とどことなく似た顔の妻がギュッと寄り添ってスマートフォンを見上げ、画像におさまり、その画像がすぐに内輪でシェアされる。この調子だ。久賀がソーシャルメディアを通じてまめに発信する情報を、朔太郎が追っかけ、ここへ現れたところで何の不思議もなかった。もっとも、朔太郎でなければ、こんな旧知のような雰囲気にはならない。

お疲れさん、それじゃまた、と解散した直後、久賀の妻が真顔になった。

「夫を連れて帰ってくださって、本当にありがとうございました。くーさんも、一ノ瀬さんはおれの守護神だって」

もう久賀は娘を乗せたカートを片足飛びで押し、後ろ姿を見せていた。

久賀の左足首は、添え骨である腓骨《ひこつ》が折れ、その後に動きまわったため鋭利な骨折面が周辺組織まで傷つけていた。日本での精密な診断はこれからだが、全治三か月だとする現地の見立てを下回りそうにはない。

「いや、山が帰してくれた。それだけです」

そんな、と久賀の妻が微笑む。謙遜しないでという態度に、一ノ瀬は抵抗を覚えた。

「今回は山が帰してくれました。しかし、次はわからない」

久賀の妻の顔から笑みが消えた。

一ノ瀬はこうした会話が苦手だった。現実を覆い隠す下手な希望を持つのも、持たせるのも嫌なのだ。所詮、山は一人で登り、一人で帰ってくる場所だ。それは何人のパーティーだろうと同じことだった。それがわからない久賀ではないが、日本で待つ妻を安心させるために守護神などと言ってみたに違いない。

一ノ瀬は気分を変えようと、一つ息をついた。

「あのね、くーさんは自分で頭が洗えるんだ」

きょとんとした彼女に向かって続ける。

「だけど、いずみさんに洗ってもらうんだって言って、あんなに汚くしてきたんですよ」

久賀の妻は表情をやわらげ、うなずくと、夫と娘を追っていった。目元には光るものがあった。

これから家族三人で山梨県の自宅まで長いドライブになる。

――ここで僕は撤退します。生きて帰りたい。

一ノ瀬はあらためて思う。久賀という男は残してきた妻子をも背負って、あんな場所まで登ったのだ。同時に、妻子に背負われてもいた。どうしたら、そんなふうになれるのだろう。

「幸せそうな家族に見とれてないで。車あっちですから」

朔太郎が手招きをする。

一ノ瀬は身体のあちこちに軋《きし》みを感じつつ、カートを押し始めた。

「海外視察に行った議員の出迎えとかじゃないのか」

「そんなに暇じゃありませんよ」

わけのわからない返事に、一ノ瀬は笑わざるを得ない。今回、祝登頂メッセージの一番のりは朔太郎だった。

「地元で仕事?」

「ええ、県連で。何日か山の家に寝泊まりするから、ついでに一ノ瀬さんを乗っけて行こうかなと」

「えらい遠回りのついでだな」

山の家と聞き、一ノ瀬は小さく鼻を鳴らす。今からすると、朔太郎の祖父が残したあの山荘でのバーベキューが、久実との別れの発端に思えなくもなかった。何とか参加するつもりで仕事をやり繰りしたものの、結局、一富梅園の小火騒ぎで急に行けなくなった。久実が言い出した大勢でのバーベキューには、彼女の家族まで参加していたため、久実のがっかりした顔を見る羽目になったのだった。

「助かるよ。眠くてさ」

レンタカーに積み込むはずだった荷物を、朔太郎の黒いステップワゴンに積み込み、成田空港をあとにする。

「空港には、いつもレンタカーなんですか」

「まあな。山へ行くなら」

「車の預かりも、けっこう安いですよ。ターミナルでの受け渡しサービスもあって便利」

「無事帰れなかったら、車がやっかいだろ」

ははあーそういうふうに考えるわけだ、と朔太郎がハンドル片手に助手席を見る。

助手席の一ノ瀬は、前を見ろよ、と進行方向へ顎をしゃくった。

眠気に抗うのをやめ、シートを倒して身体を伸ばす。背中や腰が痛むが、やや右に向いて丸まり加減になると、身の置き所ができる。

こう暑くては、もう山の冷たさが恋しかった。さすがに今はガッシャブルムの高所へ戻りたいとは思わないが、雪や氷河、その下から長い歳月をかけて融けてくる清冽《せいれつ》な流れを思ってしまう。カーエアコンの風、倒したシート、朔太郎の整髪料。山と違って、ここでは何もかも人工的な香りがする。久賀とロープでつながった状態で雪の急斜面を数十メートル滑り落ちたり、足をかけた岩壁が剝離して思わぬ場所で宙吊りになったりと今回も何度か死にかけたのに、現金なものだ。自分でもあきれる。心は振り子のように揺れ、ここと山を行き来する。

車のデジタル時計には「2」が三つ並んでいた。

何時、というつぶやきに、アヒルの行進、と反射的に答えてしまい、まいったな、と思った。横にいるのは久賀ではなく、朔太郎だったのだ。

ちろっとこちらを見る朔太郎の一重の目が、非難がましく細くなる。それ久実ちゃんが言ってたやつ、と間違いなく言っている。

久実はぞろ目が好きで、「1」が並べばラッキーと喜び、「3」が並べば雪だるまの行列、「4」が並べば鶴のダンスなどと言ったものだった。今では、一ノ瀬を通じて、久賀家までが同じように言っている。

「前を見ろって」

「そうそう、後ろは見ちゃだめ。もう人妻、犬丸久実なんだから」

「寝る」

ぐーっと腹を鳴らした朔太郎に、一ノ瀬はザックから出したチョコバーを剥いて持たせ、自分は目をつむった。朔太郎がもぐもぐしだし、車内にカカオの香りが広がる。

「なんか、異国風味」

「そりゃそうだ」

「他におみやげは」

「ない。適当な場所で早めの晩飯にしよう。任せた」

久実は一ノ瀬との同棲を解消した翌年に、市役所勤めで地元の三山《みやま》フィルムコミッションにも尽力していた犬丸と結婚した。今では一男の母だ。まったく会わなくなっても、久実の幸せそうな日々はソーシャルメディアにアップされている。一ノ瀬は最初、朔太郎のスマートフォンでそれらを見せられた。結婚式の日の久実は、ショートヘアの耳元を白い花で飾り、ウェディングドレスに身を包んでいた。結婚記念日に、思い出としてその写真は載った。

——僕でも、一ノ瀬さんとの結婚はないな。我が子を父親のいない子にしたくないもん。

——ありがたいね。

山の家でのバーベキューの写真には、独身だった当時の犬丸もいて、久実の隣で缶ビールを飲んでいたのだった。

一ノ瀬は助手席で眠りに落ちながら、人のざわめきを聞いた気がした。楽しそうなおしゃべりやグラスを合わせる音は、いつしか暴風雪に耐えるテントのばたつきや、耳にまでせり上がってくる激しい胸の鼓動、酸素を求め続ける自分の荒い息づかいに変化し、やがて眠さに抗って目を開けると一人がやっとの雪洞の中にいて膝を抱えている。悪天候のせいか、体調不良のせいか、視界が白く霞む。山ってうるさいよな、一体この天気はいつおさまるんだ、と思うが声にはならない。考えてみれば、一人きりだから口に出さずともいいのだが。


月曜の早朝、汗だくの起き抜けに電話が鳴り、一ノ瀬は本社への呼び出しを受けた。

「何です、社長直々に」

「十時に来い。スーツでだ。数日休みのところを悪いな」

長兄にしては珍しい労《ねぎら》いの言葉に嫌な予感がした。しかたなく身繕いをし、自宅にしている月三万円の古い借家を出る。

郊外にある本社ビルの、壁面の大看板を見るたび、何とも言えない気分になる。

看板には、晴天の雪山、岩に腰かけポーズをとる登山服姿の自分、その手には乾燥梅干し入り栄養補助食品、それから右下に洗練された「TAKE－U《テイクユー》」の文字。登山中心にスポーツ向けとして開発された新商品シリーズの自社広告だ。あなたを連れてゆくという意味の英語にひっかけたネーミングで、Uは梅の「う」も意味する。

広告の自分など見たくはない。だが、このところの登山ブームもあり、これらの商品の売り上げは伸びていた。

食品包装機械部門の建屋も隣接するだだっ広い駐車場で、一ノ瀬は錆の浮いてきたランドクルーザーを降りた。

先を歩く二人の若い社員が、やはり看板を見上げている。

「かっこつけちゃってよ。いいよな、長期会社に来なくても給料もらえて」

一ノ瀬は、おはよう、とその社員の肩に手を置き、彼らを追い越す。まったくだと心から同意しているものだから、相手がぎょっとするほどの笑みを送ってしまう。

受付係から第一会議室へと言われ、本社五階のその扉を開けると、拍手に迎えられた。二十人ほどの社員が「一ノ瀬公介さん、ガッシャブルムI峰登頂おめでとう！」の横断幕を広げており、多くのスマートフォンと数台のカメラのレンズが一斉に一ノ瀬へ向く。その中には、社報の担当者、一ノ瀬食品工業が広告を出す地元紙と山岳雑誌の記者もいた。

笑みを浮かべて礼を述べつつ、一ノ瀬はそれらを見てとる。

案の定だと、右隅にいる銀縁眼鏡の社長に目をやった。近頃ますます死んだ父親に似てきたな、と思う。近づいてきた社長は一ノ瀬の手をひったくるようにして固く握り、よくやった、おめでとう、と満面の笑みを浮かべたあと、逃げるなよ、とささやいた。一ノ瀬は一瞬にらみ返したが、それ以上表情には出さない。カシャカシャと連続でシャッターが切られる。

業績が安定してきた時期に、退社して登山中心のアルバイト生活へ戻ろうとした一ノ瀬に対し、スポーツ選手向けのような、遠征を可能にする雇用条件を提示してきた社長の目論見は当たったのだろう。ブロード・ピークを目標に据えた当時はテイクユーの開発中で、その場には会長職の母親と当時営業部長で現専務の次兄もいた。末の弟を死なせた一ノ瀬を、その登山を、非難し続けた家族でもあった。

「おめでとうございます。一ノ瀬さんとの立ち話から生まれた商品が、これでさらに売れますよ」

テイクユーの開発責任者から花束を受け取った一ノ瀬は、苦手なスピーチを行い、その後、別室でさらに苦手とするインタビューを受けることになった。

窓からは例の広告看板が見え、背後には同じデザインのポスターが飾られている。

まずは地元紙からだ。

「ガッシャブルムⅠ峰の登頂者数は、まだ三百人台だそうですね」

「そのようです。人気がないのかな」

「八千メートルクラスでは、死者数も少ない山だと聞きます。でもそれは、難易度が高く、そもそも挑戦者が少ないからだとも言われているようですが」

「どうでしょうか。しかし、私には非常に困難な山でした。それは確かです」

ガッシャブルムI峰について普通に訊かれる分には、いくらでも答えられる。しかし、怪我をした久賀を下山させただの、世界が称賛する登攀だのと、変に持ち上げられるといたたまれなかった。久賀を可能な限り支えはしたが、久賀の並外れた登攀技術と体力、イタリア人ペアの助力、それと山の機嫌が下山につながったのだ。それに今回も、先鋭的な先人の足跡をなぞったに過ぎない。より厳しい冬季登攀やルート開拓とはわけが違う。

「久賀さんとの友情は、いつ頃から」

「友情……」

いざとなれば、凍てついた山に相手を残してくる、あるいは二人をつなぐロープを切って自分が生き抜くほうを選ぶ、そんな友情があるだろうか。

そこで、久賀を信用していると答え、友情面では今回ベースキャンプまで親身になって働いてくれた現地のコックやポーターの存在を挙げておく。

「社員の方々はもちろん、一ノ瀬家ご家族の支えも大きいのでは？」

「感謝しています」

「特に社長さんは末の弟さんを山で亡くされるという深い悲しみを乗り越え、一ノ瀬さんの挑戦を支援していらっしゃいますね」

「私はスポンサーをつけませんので、雇用面で工夫をしてもらっています」

美談を期待する質問には、曖昧な微笑みを添えておく。

「では、最後の質問を。なぜ山に登るのですか」

「なぜ……か」

過去にも訊かれたことがあるが、難しい質問だった。

デフォルトが一人なんです、と答えてもおそらく通じない。子供時代は最初、祖父の書斎の天井まである本棚をよじ上った。一番上の棚にはまり込んで見下ろすと、風景がまったく違って見えた。次に屋根へ上った。断然、外の方が気持ちよかった。多くの峰を持つカルデラの赤城山や榛名《はるな》山が近くに、噴煙をたなびかせる浅間山が遠くに見えた。忙しい家だから放っておかれた時間が長く、落ちようと怪我しようとさしてどうこう言われなかったし、たまに家族が集合すればこっちが息苦しくなって逃げ出した。その延長線上に、谷川岳があり、その後の山々がある。

いつだったか、杉浦草にはそんな話をした覚えがあった。すると、彼女はこう言った。

――結婚には不向きね。

――そういうこと言うかなあ。

――まあ、なるようになるわ。結婚に失敗したって、こうして生きてるもの。

なかなか勇敢な人だよな、と一ノ瀬は思ったものだった。

お草さんは元気だろうか――何はともあれ、この質問に答えれば一人目の記者から解放される。

しかたなく、一ノ瀬は困った時の一言を口にした。

「山が好きだからです」

幼稚園児のような答えが、実にしっくりする。


本社を出た一ノ瀬は、上着を脱ぎ、一富梅園へ向かった。

炎天下の駐車場に置いてあったランドクルーザーのハンドルは、持てないほど熱くなっている。カーエアコンと窓を全開にしてスピードを上げ、車内の熱気を追い出す。とはいえ、外も四十度近い。シャツのボタンを二つ外し、袖を肘までめくる。汗が噴き出る。

工場の多い郊外から、カーディーラーやロードサイドの大型店舗が続く国道へ出て、市街地方向へ折れる。この長い橋を渡れば小蔵屋の店舗があるという河原と、大観音像が立つ丘陵を右手に見て通りすぎ、国道を外れてまた郊外へと入ってゆく。空《す》いていれば、二十分ほどの道のりだ。小蔵屋は本社と梅園の間にあったから、かつての一ノ瀬には立ち寄りやすい場所だった。

遠征登山中に、梅畑は収穫を終えていた。

花の時期ではないので、工場見学の観光バスは少ない。

車を降りた一ノ瀬は、緩い傾斜地に青々と葉を繁らせた梅の木々を眺め、大きく伸びをする。ふいに背後からぱたぱたという足音が迫ってきて、太股に一瞬やわらかな感触がからみついたかと思うと、就学前サイズの男児三人が駆け抜けていった。コースケの山すげー、すげー、そう口々に言った顔見知りのシンとカズキに、おー、と答え、おかっぱ頭に麦わら帽子の見かけない背中に名を訊く。すると、タイガ、と返事だけが飛んできた。三人とも臙脂色に白い梅紋のバッジをつけている。今では、梅加工工場で働く親を待つためのキッズルームまである。だが、バッジもキッズルームもない昔から、ここでの子連れ出勤は当たり前だ。

関越自動車道を北上して雄大な裾野の赤城山が目に入った時もそうだが、子供時代から慣れ親しんだ梅園に立つと一段と帰ってきたと感じる。と同時に、あの雪と岩の高峰が、夢だったかのように遠のいてゆく。

事務所は小火騒ぎ後に建て替えられ、今はタイル調プレハブユニットの二階建てだ。

遠征直後のため、一ノ瀬は少々慎重にガラスドアを開けた。

「こんにちは」

二人ばかりいた事務員が机から顔を上げ、目を見開いた。

「あら、一ノ瀬さん！　よかった無事で」

「ほんとよ、無事でよかった。あたしたちは、登頂なんか二の次なんだから」

近寄ってきた彼女たちにバンバンと背中や肩を叩かれるという手荒い歓迎を受け、ご心配おかけしました、痛っ、と一ノ瀬は身を縮める。十代二十代の子供がいる主婦にかかっては、山登りに夢中の中年男など悪ガキ同然だった。福々しいほうの事務員が階段の上へ向かって、睦《むつみ》さーん、一ノ瀬さんが帰ってきましたよー、と声を張る。

一ノ瀬は、彼女たちから逃げるようにして階段を上がった。

おにぎりやなんかが残ってるからねー、と声だけが階下から追いかけてくる。いただきまーす、と大声で返事をする。

二階では梅園管理責任者の齋藤睦が、作業着姿の老体を、応接セットのソファから起こしたところだった。まだ一時前だから、仮眠中だったらしい。

他には誰もいないので、一ノ瀬は子供の頃からのプライベートな呼び方をする。

「むっちゃん、ただいま」

実際のところ、梅園には齋藤一族が多く、業務中でも下の名か幼い時のニックネームで呼ぶ場合が多い。階下の福々しい事務員も、普段は百合《ゆり》さんと呼ばれ、むっちゃんの遠縁だった。

「おかえり。麦茶でも飲むか」

うん、と答え、一ノ瀬は事務所のスリム型冷蔵庫から麦茶ポットを出し、二つのマグカップに注いでローテーブルへ出した。ソファに座ったむっちゃんは、日焼けした皺深い顔をなでながら、梅の木の具合でも見るような目つきで一ノ瀬を上から下まで眺める。

「どうだった、山は」

「恐かった」

やや白濁気味の瞳が、そうだろうよと言っていた。

一ノ瀬は向かいのソファに座り、ローテーブルの丸盆から、ラップにそれぞれ包まれているおにぎりを一つとって頬張った。全体にまぶしてある梅肉と表面を包む海苔の風味に、唾液がじゅっと出る。帰ってきた、とまた思う。むっちゃんの側には、丸めたラップが二つ、それと緑茶の残った湯呑みがあった。

「今週は代休の消化じゃなかったのか」

「本社へ行ってきた。社長直々の呼び出し」

横断幕つきの祝賀セレモニーと取材でね、と付け加えると、へえー、そりゃあまた、とむっちゃんが感心したような表情を作る。

一ノ瀬は色絵の壺型の楊枝入れから、楊枝を一本とった。甘じょっぱい厚焼き玉子も、胡瓜と茄子のぬか漬けも、まったくもって素朴な日本の味で、手も口も止まらない。

「帰ってきて何を食べた、公介」

「鮨、ナポリタン、塩ラーメン、そんなところ」

「いい人がいるらしい。趣味はトレッキングと料理、実家はあのタニガワスポーツだそうだ」

脈絡のつかめない話に、一ノ瀬は顔を上げた。

立ち上がったむっちゃんが、脇の書類棚から見合い写真然としたものを出し、一ノ瀬の膝に広げて置いた。かっちりとしたパールカラーの台紙の枠内で、やや頬がふくらみかげんの、人のよさそうな女性が微笑んでいる。

束の間、一ノ瀬は写真に見入った。

タニガワスポーツといえば、地元では知られた企業だ。今通ってきた国道沿いにもショッピングモール跡地に北関東最大規模のアウトドア・スポーツ用品の店舗を設け、県内と東京に高地トレーニングスタジオも開いた。実際、一ノ瀬も近場のほうの高地トレーニングスタジオを利用し、低酸素環境下でのランニングマシーンなどで効果を得ている。

「いつまでも一人というわけにはいかないだろ」

「結婚しなかったむっちゃんが、それを言う？」

むっちゃんが若い頃に別れた女性は、食品加工機械部門の技術者と家庭を持った。以後、二人は周囲が親友と見なす関係となっている。とはいえ、その女性がむっちゃんの最も大事な人であることに変わりはない。

むっちゃんが空の両手を見せ、降参の姿勢をとる。

「僕は役目を果たしたからな」

一ノ瀬は眉根を寄せ、この話は誰からだと表情で訊く。

言わずもがなだとばかりに、むっちゃんが一つうなずいた。

「社長直々。先週、本社へ呼び出されてね」

一ノ瀬はあきれ、目だけ動かして天井を見上げた。むっちゃんからなら聞く耳を持つと思ったのだろう。いかにも、上の兄が考えそうなことだった。他の人間は自分たち経営者一族のために存在する駒だと思っているふしがある。自分たちとは次兄までのことだ。亡父もそうだった。

「その気があるようだと社長に伝えてください。あとで写真を返しておきます」

業務口調で言っておく。

八年前の梅園の小火騒ぎのように、むっちゃんが嫌な思いをする必要はなかった。社長らが老朽化した事務所の建て替えを拒んだ末の漏電火災だったのだが、火が出た途端、幹部が現場に責任を押しつけたのだった。天井には雨漏りのような染みがあり、その写真まで撮って一ノ瀬は建て替えを求めたにもかかわらず。終業前で人がいたから、梅畑まで燃やすような大火事にならずに済んだだけだ。

「むっちゃんの手前、本音は言えなかった。そういえば済む」

「そうか。だが」

むっちゃんが、見合い写真を視線で指し示す。

「似ていると思わないかい、彼女に」

家族も、むっちゃんも、久実を知っている。

一ノ瀬は返事をしなかった。

確かに、見合い写真を最初に見た瞬間、久実の面影がだぶった。だが、それを認めたくなかった。この場に久実を持ち出すのは我慢ならない。

かつて久実と結婚すると伝えた際、彼女は健康かと長兄は訊き、孕《はら》ませたのかと次兄は訝《いぶか》しんだ。実母に至っては、あら普通のおうちの方なのね、いいじゃない、と微笑み、あそこの奥さんは何々議員の娘さんだの、あの会社のお嬢さんは留学先で事業家と結婚しただのという、好物の世間話に拍車をかけた。息子たちの妻は一ノ瀬家の嫁であり、労働力か財産、あるいは権力をもたらすものだと決めてかかっている。自分たちから漂う灰色の靄《もや》のようなものが、どれほど周囲を息苦しくさせるのか、母親や兄たちに自覚はない。

一ノ瀬は三つ目のおにぎりの残りを口に押し込み、麦茶の入ったマグカップを持って窓辺に立った。

下の駐車場を、またあの男の子たちが駆けまわっている。今度は水鉄砲を持っていた。カラフルな玩具から放たれた水がきらめき、駐車場に抽象画のような模様ができてゆく。あんたたち裏へ行きな、ここは車が来るから、と事務員の声が響く。親が梅園や梅加工工場で働いている子供たちにとって、ここは恰好の遊び場だ。

「ちっちゃい子が一人増えたね」

「そうだったか。この声、変わらないな」

「昔はもっと子供が多かったよ」

むっちゃんの軽トラックの助手席に乗った幼い時の記憶が、一ノ瀬を微笑ませる。

活発すぎる三男を梅園で遊ばせておくために、母親がむっちゃんに送り迎えさせたのだ。遊び場は、だんだん梅園の外へと広がっていった。断然、一人が楽しかった。見晴らしのよいこの辺りは、平らな道もまっすぐな道もなく、登るための石垣や急傾斜、樹木はいくらでもある。空はあきれるほど広く、連なる山々が見渡せ、遠くに市街地が広がっている。小さな沢に続く土の道には、沢蟹や蛇などの生きものがたくさんいた。マムシを鉈《なた》でいくつかに叩き切った老人を見た日のこと、蛍が夢みたいに飛んでいた晩のことは、今でもくっきりと思い出せる。捜しにきたむっちゃんの、ほっとしたような、怒ったような顔も。それらの体験は、一ノ瀬が母親に唯一感謝していることだった。

ごちそうさま、と一ノ瀬はローテーブルを片づけ始める。

「冷蔵庫の一番上に、近江の鰻茶漬けがある。持っていくといい」

礼を言い、ふと思う。

おれは一ノ瀬の家の冷蔵庫を知らないな、と。

ここの冷蔵庫は開けなくても、買った弁当についてきた個包装の醬油やマスタードがドアポケットの中段の左端に入っていることまでわかる。あんなに前のことなのに、小蔵屋の自宅のほうの冷蔵庫も思い出せる。一人暮らしにしては大きく、整理されていて、作り置きの惣菜が何かしらあった。だが、実家の冷蔵庫は基本的に家政婦の管理下だし、おそらく十代に飲み物を出したのが最後だろう。今では、どんな機種の冷蔵庫を使っているのかさえ知らない。

「むっちゃん、あとでパソコンのバックアップをとっておくよ」

「ああ、頼む」

小火騒ぎの直前のこと、梅園のあらゆるデータをデジタル化して残し活用するという一ノ瀬の案に、齋藤睦というこの一番の古株は真っ先に賛成した。それどころか、上を説得して予算を獲得し、率先して慣れない操作を学んだ。それだけでも尊敬に値する。あの件と小火騒ぎ以降、余計なあら探しをしては金を遣うという一ノ瀬への上層部の評価が変わっていったのは確かだった。

流しで洗い物をしている最中に、スマートフォンがズボンのポケットで鳴った。濡れ手で引き出して操作すると、朔太郎からの電話だった。流しの脇に置いて、スピーカー状態にする。飲みに行きましょうという誘いに、一ノ瀬は先約と会う居酒屋を伝えた。

「七時だ。来るか」

「どなた」

「探偵社の辺見さん。おごってもらえる」

「行きます！　それにしても、女っ気ないっすね」

後ろで、あっはっはっ、とむっちゃんが笑う。

ジョキ、ジョキ、と勢いよく、髪が切られてゆく。

けっこうな量の毛髪のくずが、コーヒー色のカットクロスを伝い、石目柄のクッションフロアへ落ちてゆく。

酷暑の昼下がりだが、ガラス張りの表側には、それでも時々人が行き交う。前は幅十数メートルの川だ。街中のここには川べりに緑豊かな散策道があり、子供連れや老人が整備された歩道の木陰を好む。サンダル履きの客が散髪を終えて帰ってゆく。この小さな理容院はマンションの一階のため、上階の住人が多いらしい。

長い付き合いだから髪に関しては、短め、の一言で済む。

店主のこの眼鏡をかけた理容師は、亡弟の元恋人であり、弟の子、つまり一ノ瀬の姪の母親だ。姪からは登頂成功に対し、パーティー用クラッカーの絵文字付きでメッセージが送られていた。

「で、夏休みは帰ってくるって？」

「生返事だった」

その間も髪を切る勢いは加速気味だ。鋭い鋏《はさみ》は雄弁だった。まったく人の気も知らないで、どいつもこいつも。そう聞こえる。都心の大学に通う姪には、恋人ができたらしい。

「付き合い始めて二か月だもの。こっちから連絡しなきゃ、連絡もよこしゃしない」

そうでなくても、遠征登山の前後は何かと機嫌が悪い。

イライラして耳でも切らないでくれよと願いつつ、まあそうだよな、と一ノ瀬は相槌を打っておく。恋人の妊娠を知らずに逝った弟の代わりに、子供を風呂に入れ、おむつを替えて育てたが、こうした執着心は持ち合わせていない。母親より男運がいいことを願うばかりだ。

鏡の中の従業員と目が合った。長めの髪と短い髭の似合う年下の男だ。甘い感じの顔立ちに似合わない、嫉妬丸出しの視線を送ってくる。彼女によれば一緒に暮らし始める前はなんでも話せる相談相手だったというから、客のこの男が一時期彼女と男女の関係だったことも、一ノ瀬家から養育費を引き出したことも当然知っている。

「流すわ」

一ノ瀬はシャンプー台へ前かがみになり、目を閉じて頭を洗われる。彼女のムスク系の淡い香りや怒っていても愛嬌を感じる声音は、付き合っていた頃と変わらない。が、存在は確実に遠くなっていた。ここの開店祝いを何にするかとたずねた折、前みたいに髪を切りに来て、と言われた。一度来たらやめるわけにもいかず、今は多少後悔してもいる。

入籍するわ、と耳元にささやき声がした。

目を閉じた世界で頭に湯を浴びながら、彼女の身体が覆い被さるのを感じる。向こうのカウンターで電話が鳴り、髭の彼が応対し始める。出入りの業者からなのだろう。シャンプーがどうのといった話が始まった。

「どこにも行かない男がいいの」

プロポーズの主が電話中だからか、若干、彼女の声が大きくなった。

弟はあの世、その上の兄は山、本当にろくでもない兄弟だよな、と一ノ瀬は亡弟に心の中で言っていた。弟は逝った時の若さのままで、カメラ片手に、にっと笑う。

何かひどく肩の荷が下りたような、胸がスースーするような、変な気分だ。

もうどこにも行かない。そう、いま言ったなら？

拭かれた頭でドライヤーを待ちつつ、自分でも思いがけないことを考える。

外を、モノクロの、目の大きな詩人の顔が通りすぎてゆく。黒い日傘の通行人は、すぐそこにある萩原朔太郎記念館のチラシを持っていた。いつだったか、久実が柄にもなくそこへ行きたがり、一緒に出かけたことがあった。

――なんか、やっぱりホラーだよね。

前後の脈絡なく、久実がそうつぶやいた。「くび」だの「地面の底のくらやみ」だの、詩の幻想性や病的なまでの孤独を言い当てていて笑えたが、何がやっぱりなのか。聞いた気もするが忘れてしまった。そこのカフェでケーキセットにしようと企み始めた久実をよそに、最後まで面白く見てまわったのは一ノ瀬のほうだった。

夜になってから、ホラーという言葉を、一ノ瀬はまた思い浮かべた。

居酒屋の小上がりで、見慣れないものを見たからだ。

辺見探偵社の辺見の隣に、なんと遠藤がいた。

少し前に、遠藤が離婚したと辺見から聞いてはいた。だが、遠藤に会うのも、二人が一緒のところを見るのも、小蔵屋に出入りしていた頃以来だった。久し振りの顔が、私生活でも満ち足りている俳優のように見える。去年無理やり姪に連れて行かれたロマンティック・コメディ映画の、安楽死を望んだ車椅子の男にそっくりなのだ。映画館では遠藤の顔のほうを思い浮かべたっけ、などと思う。

初対面なのは、朔太郎と遠藤だけだ。警官、今は私服だ、と辺見が小声で紹介し、朔太郎は自己紹介して斜めに手を差し出し遠藤と握手する。一ノ瀬は、正面にいる遠藤と、その左の辺見を交互に見た。いい男ですねえ、と朔太郎が無遠慮に誉める。聞き飽きているのだろう。遠藤はくすりともしない。

「元同僚ってことですか」

「長い付き合いだ」

答えたのは、辺見だった。後ろへなでつけてある髪に指先で触れる、辺見の表情が見たこともないほどやわらかい。

朔太郎が何かを察し、目をパチパチさせて黙った。

辺見の誘った男たちと何回か飲んでいるが、辺見がこうした表情を見せるのは初めてだった。要するに、他は恋人以下。時には仮の宿を与え、時には父親や兄代わりとなってまともな職を探してやる程度の関係に過ぎなかったわけだ。

朔太郎の視線を横顔に感じつつ、一ノ瀬は微笑む。座卓の向こうにいる二人が、とてもくつろいでいるように映る。

辺見がわけあって警察を辞めた折、遠藤と身を裂くようにして別れた。遠藤には将来があり、妻子がいる。当時はそう言っていた。

一ノ瀬は、運ばれてきたビールのジョッキを誰よりも先に掲げた。

「乾杯しましょうか」

「そうだな。登頂おめでとう。よく帰ってきた」

応じた辺見に、一ノ瀬は返した。

「今日という春に」

いつもなら、真夏ですすってと突っ込むはずの朔太郎も、春に、と祝杯を上げた。合わせたジョッキが鳴り、ビールの泡が飛び散る。吸い込まれそうな目をした遠藤が微笑む。

一ノ瀬は昼間見かけた、モノクロームの詩人の顔をまた思っていた。

入籍するわ、というささやき声も。

その夜は皆飲んだ。特に辺見と朔太郎は、遠藤と一ノ瀬が支えなければ歩けないほどだった。

一ノ瀬によってガッシャブルムI峰へ旅をし、朔太郎によって東日本大震災と福島原発事故以降の何年かを振り返った。再稼働なんて狂ってる、未だに原子力非常事態宣言中で解除の目途も立っていないんですよ、と朔太郎はろれつのあやしくなった口で説き、絶対にまた政権を取る、と拳を振り上げた。カルト教団西方の峯等と一体化した異様な右傾化と長引く不景気の中、民生党は全国民のための政治を掲げ三度目となる政権交代を狙っているが、政治不信、政治離れ、というマスメディアの決まり文句にあぐらをかく無党派層相手に苦戦していた。政策がましなほうに投票するだけでいいんだ、どうしてそれができない、と繰り返す朔太郎を、一ノ瀬はどうにかこうにか朔太郎の黒いステップワゴンに乗せた。運転代行業者に、山の家の場所を告げる。

「生き延びたきゃ、投票するさ」

雪と岩のガッシャブルムI峰を思っていた。

生き延びようとする意志の先にだけ、命はある。


四メートルほど下で、電話が鳴っていた。

安全確保のためのロープを身につけている一ノ瀬は、五十度手前に傾斜した、オーバーハングのクライミングウォールに素手のみでぶら下がった状態だ。土笛を思わせる、色とりどりのホールドを眺めて束の間考えた。次に茶色と青色のホールドを摑むと決め、全身を振り子のように揺さぶって斜め右下の垂直壁へと飛び移り、成功。今度は、ボルダリング用マットへと飛んで下り立つ。土埃が舞う。ロープを身体から外し、切り株そのものといった感じの古い椅子からスマートフォンを手に取ると、汗が顎から滴り落ちた。自宅にしている借家の老朽化した土蔵は、自分で改造し、ほぼ吹き抜け状態のトレーニングルームになっている。

手汗吸収用のチョークで白く汚れた画面に、社長と表示されていた。昼時に済ませたい電話らしい。

「急用ですか。まだ代休中——」

「とうとうその気になったか」

一昨日の見合い写真の件だった。梅園管理責任者の齋藤睦から連絡がいったのだろう。一ノ瀬は目にしみる汗をどうにかしようと、顔を上げた。むき出しの天井裏には、久実と揃いだった二連リングのチェーンネックレスが垂れて光っていた。捨てはしなかったという程度の代物だ。妙な話だが、誰があんな高い場所の配線に下げたのか、そもそもあれをどこで見つけたのか、一ノ瀬にはさっぱりわからなかった。改装には何人か手伝ってくれたし、時には来客もあるが、訊いてみる気にもなれない。

電話のほうは、我が社にとっても朗報だ、新しい事業につながるぞ、と話が続いている。一ノ瀬はろくに返事もせず、十三時に来い、という指示に従った。

会社へ行くと、祝賀セレモニーで渡された花束が社長室に飾られていた。

一ノ瀬は花束のことなど忘れていたが、社長のご指示で、と秘書が花瓶を手で示して端的に教えたのだった。

「それから、一ノ瀬さん、着替えるのでしたら社長の予備のスーツがありますが」

「いいえ、これを返しに来ただけですから」

Tシャツ姿の一ノ瀬は、パールカラーの台紙の見合い写真を振って示す。

その見合い写真の向こう、開け放ってあったドアのところに社長が立っていた。その途端、秘書が着替えの気遣いをした理由が一ノ瀬にもわかった。水色のふわっとしたワンピースを着た、短い髪の女性もいる。見合い写真の人だ。

「おまえってやつは……」

谷川さんすみません、弟は自分には過ぎた方だと気後れして、などと社長が全力でとりなすものの、今さらどうしようもない。困り顔で社長と一ノ瀬を交互に見る彼女に対し、一ノ瀬は姿勢を正して深々と頭を下げた。

「申し訳ありません。ベテランの社員から見合い写真を渡され、その場では断れず、兄のところまで返しにきました。今、結婚する気はないのです」

はあ、と彼女は眉をハの字に下げて微笑んだ。理解を示そうとするかのような眼差しで、丸みのある鼻に玉の汗を浮かべている。

一ノ瀬は丁寧に再度頭を下げた。似てないな、ひとまわり小さいし、と思ったのだったが、それも社長室を出た頃には忘れてしまっていた。

廊下の途中で、女の声に呼び止められた。身体をひねって振り返ると、五、六歩後ろに水色のワンピースの裾を揺らして彼女が立っていた。顔よりも、半袖と膝丈の裾から覗く筋肉質の手足へと一ノ瀬の目はいく。

「あの、私、いつもお会いしてるんです」

一ノ瀬は記憶をざっと洗ってみたが、まったく覚えがなかった。

「どういうことでしょう」

「トレーニングスタジオのカウンターで。青いユニホームと茶色い縁の眼鏡をプラスしてみてください。思い出してもらえるかしら」

そう言われて想像してみると、なるほど一ノ瀬は彼女を知っていた。いつもにこにこしていて、誰にでも丁寧な人だ。それが顔に現れたのだろう。彼女の表情もほどけてゆく。

「ふられて残念ですけど、応援しています」

涙目になってゆく彼女に、一ノ瀬は初めて心が動いた。彼女が笑顔の横で遠慮がちに手を振る。

「うちのトレーニングスタジオをやめないでくださいね。またお会いしましょう」

振る手が、心もとなさそうに宙でしぼむ。

一ノ瀬は彼女のおおらかさに救われていた。

――弟は自分には過ぎた方だと気後れして。

さきほどの社長の中にさえ、きれいなものがあるように思えてくるから不思議だった。

「ありがとうございます。じゃ、また」

目の奥で、土蔵のあのネックレスが光る。一ノ瀬は見合い相手に背を向けてから思う。もしかしたら、彼女たちはどこか似ているのかもしれないな、と。


車で走る幹線道路の先には、遠く夏の浅間山があった。

青空に白い噴煙をたなびかせ、二五六八メートルの均整のとれた稜線の一部を見せている。

だが、一ノ瀬が思い浮かべたのは冬場、そそり立つ岩壁のJバンド、美しく雄大に迫りくる冠雪の浅間山だった。活火山が作り出す表情豊かな地形のあの付近から眺められる、富士山、日本アルプス、八ヶ岳といった山々も目に浮かぶ。

食料でも買って帰ろうかとスーパーへ入ったところで、今度は梅園から呼び出しがかかった。

事務員のほうの齋藤が、社宅のガス給湯器が壊れたという。

「百合さん、おれはまだ休暇中――」

「あのね、いつもの設備屋さんが忙しくて、来れるのが来週だって言うのよ。そっち方面に顔が広いんだから、すぐなんとかならないかと思って」

「夏だから水でも」

「へえー、女子供に水浴びろって？」

人でなしと同じ意味に聞こえる。

「じゃ、隣の人にシャワーを借りるとか」

「無神経ねえ。入居して間もない人に、それもあそこは生活が厳しくて事情のある人ばっかりなのにさ、もらい風呂してちょうだいなんて言える？　言えない。私は言えない」

もっともな話に、一ノ瀬は手に持っていたレタスを戻し、さらに空のカゴを返してから駐車場の車へ乗り込んだ。その間に、元アルバイト先の内装業者へ連絡、次にそこから紹介された設備工事会社に電話して三時に現地で会う約束をする。途中でアイスココアを飲み時間を調整してから、社宅へ向かった。手配済みで立ち会うと事務所へ連絡したら、事務員の齋藤が上機嫌だった。おれは休暇中なのになあ、とは思うが、上にかけあって一人親家庭用の社宅を用意したのは自分だったため、文句も言えない。築四十年のアパート二棟を利用した社宅により、梅加工工場の離職率はかなり下がっている。

社宅は、坂の上へ行けば梅園と工場、下へずっと行けば幹線道路という場所にある。

就学前サイズの男児三人がまた遊んでいた。虫用の網とカゴを持っている。顔のわかる人たちの住宅と畑に囲まれ、駐車場を兼ねた砂利敷きの広い庭があり、入口には警察官宅というおまけまでつくこの場所もいい遊び場だ。

木陰で車を降りると、樫の大木から蟬の大合唱が降ってきた。主のようなこの木には、昔からカブトムシも多い。

こーすけー、と呼ばれ、おー、と一ノ瀬は返す。先に到着していた設備工事会社のバンに取りつく子供たちを、仕事の車だから離れな、と追い払う。

「誰んちのシャワーが壊れたか、知ってるか」

ううん。しらねー。あっ、お母さん。

三段落ちのような最後の返事をしたのは、おかっぱ頭に麦わら帽子のタイガで、一ノ瀬は九十度向こうを見ているタイガの視線を追った。

急いで白い作業服から着替えてきたのだろう母親は、紺と白のボーダー柄のTシャツを引っぱり下ろしながらジーンズ姿で走ってくる。チャリチャリと鍵の音が響く。

あっ、と一ノ瀬が思った時には、母親のほうも足をぴたっと止めた。

目と目が合った。

「久実……」

わずか三歩ほどの距離に、七年の時間が流れていた。

なのに、昨日会ってまた今日会ったような感覚が、一ノ瀬にはあった。

「どうして、こんなところに」

自分ばかりが驚いていることに、一ノ瀬は間もなく気づいた。久実は比較にならないほど落ち着いている。それはそうだろう。ここがどこか知らずに働いているわけもない。いつかは遭遇するはめになると覚悟していたはずだ。

こんなところってことはないでしょ、と久実が微笑み、穏やかな眼差しを幼いタイガへ向け、再び一ノ瀬に視線を戻した。子を守ろうとする母親のたおやかな態度だった。子供の前で込みいった話はやめてちょうだい、わかるでしょ、と全身で訴えている。

首にかけている社員証には「森野」とある。役所勤めの犬丸と結婚して姓を変えたはずなのに、旧姓になっている。一ノ瀬の視線を察知した久実が、社員証を首から外してジーンズの尻ポケットへ突っ込んだ。ソーシャルメディア上で見かけた、ふっくらした顔かたちはどこへ消えたのか。運動してないとすぐ太っちゃうと言っていたのに、子供を産んだ身体までが絞れている。

久実がA棟二階の角部屋の鍵を開け、玄関前にいた業者にガス給湯器の不具合を伝える。ベランダにあるガス給湯器の故障箇所は間もなくわかった。交換用の部品が運よくバンにあったため、修理の目処も立った。タイガが久実について歩く。本来なら仕事中だったはずの母親が帰ってきてうれしいのだろう。おかげで、一ノ瀬はしたい話がまったくできない。業者と必要な話や世間話を交わし、久実の勧める麦茶を立ったまま壁にもたれて飲むしかなかった。昭和然とした黄色い花柄のコップは、一ノ瀬の手の中で汗をかいている。

だが、家電付き2DKのアパートは雄弁だった。

全体にものが少なく、寄せ集めの感は否めない。カーテンは長くてフローリング調のクッションフロア上にたわみ、折りたたみテーブルと二枚の多色柄の長座布団も間に合わせといった雰囲気で久実の趣味ではなかった。六畳ほどのダイニングキッチンはがらんとしており、食卓すらない。

あわただしく犬丸家を出て、実家や友人宅にもいられず、自力で稼がなくてはならないのだ。一体、どんな事情があるというのか。

久実は奥の部屋でこちらに背を向け、足元にタイガを座らせ、スマートフォンを耳に当てている。

「すみません。たぶんなんですけど、四時過ぎには工場へ戻れると思います。はい――」

一ノ瀬は、だんだん腹が立ってきた。

黄色い花柄のコップの中身を飲み干し、勝手に冷蔵庫から麦茶ポットを取り出して注ぎ足す。冷蔵庫の中もスカスカで、割引シールの貼られた食パンが目立っていた。

ましな情報はないのか――一ノ瀬は閉めた冷蔵庫に寄りかかり、あらためて部屋を見渡した。

ダイニングキッチンの壁掛けフックには、黄色い通園バッグがかかっており、その名札には「犬丸大雅　いぬまるたいが」とある。今のところ、通園もあきらめているのだろうか。ここでは表札を出さないのが普通で、追ってくる暴力亭主を恐れて子供に通園させない母親もいる。シンとカズキがそうした家庭の典型だ。

それから、折りたたみテーブルのある部屋の隅には、赤と青の寝袋が二つ、丸めて立ててあった。同棲していたマンションでも、同じような色の寝袋をブランケットがわりに使っていた。それを思うと、一ノ瀬はいくらか気が休まった。

「ガッシャブルムI峰だったよね、登頂おめでとう。仕事も登山も、がんばってるね」

電話を終えた久実が近づいてきて、初めて個人的な話をし始めた。

「なんとか、生きて帰ってきたよ」

大雅は久実の太股辺りに背中をつけ、麦わら帽子を車のハンドルみたいにしてもてあそんでいる。自身ではそうと知らず、まるで小さな騎士のように母親を守っていた。しかたなく一ノ瀬は、どこかで話せないか、と小声で言ってみたが、久実が横に首を振る。

「電話をくれ。電話番号は変わってない」

それでも、久実は微笑んだきりだった。


あれから丸二日が経った。いくら待っても、久実からの電話はない。

一ノ瀬は本社での仕事に戻ったものの、ボーダー柄のTシャツで走ってくる久実や、間に合わせのあの部屋の様子がふいに目に浮かび、耐えがたい思いに駆られた。よりによって一ノ瀬食品工業で働くなんて、よほどのことに違いない。それだけは確かだ。

おれが会って、そのままにしておくとでも思っているのか——気づけば、自分の机を拳で叩いていた。

はっとして、一ノ瀬はノートパソコンから顔を上げた。しんと静まり返った企画室の、机五台の島には、上司である室長と年下の同僚がいた。

「すみません、あの、ちょっと考え事をしていて……」

室長がきちんと描いた細眉を寄せる。

「よく辞めないでくれたと思ってます、ほんとよ。テイクユーシリーズのために辞表を撤回してくれたのを、知っている人は知ってるもの」

「キレそうなのは理解できます。一ノ瀬さんは、山に登りたいだけなんですもん。私だったら、とっくにキレてる」

いや、そういうことじゃなく、と一ノ瀬は否定しかけたが、彼女たちは無理するなとばかりに首を大きく横に振る。

社長直属の企画室は、一ノ瀬公介のために作られた部署と噂されていた。

実際は、社内の風通しをよくする目的で、一ノ瀬が作った部署だ。社をぶらついては顔を売り、情報を集め、いいものを育て、問題解決を図る役目を担っている。言ってみれば、社内の何でも屋だ。業務はそれこそ駐車場の白線の引き直しを求めることから、介護や子育てに配慮したフレックスタイム制の一部導入まで多岐にわたり、そのたびに上から下から反対を食らって、決して楽な仕事ではない。そのため、感情をコントロールして周囲にうまく対応でき、粘り強い人材を集めた。この何かと風当たりの強い部署で働き続けてくれる他の四人に、一ノ瀬は頭が上がらない。

「ちょっと、梅園へ行ってきます」

笑顔で送り出されて息をつく。いつまでも、こんな状態ではいられない。

一ノ瀬は、スマートフォンを取り出した。

「もしもし、むっちゃん、これから事務所の二階を使わせてもらっていいかな」

「四時からでいいか。どうした」

午後四時、一富梅園事務所の二階に呼び出された久実は、

「職権乱用?」

と、小声で笑った。

「おれは平社員だ。職権なんてない」

二人のやりとりに、梅園管理責任者の齋藤睦が目を丸くして出てゆく。

かつて小蔵屋で久実をそうっと見てきて、いい人だな、僕が嫁さんにほしい、と評したむっちゃんは、さきほどの電話で彼女がここに勤め始めたと知り、やはりひどく驚いていた。むっちゃんの中でも、久実は別の人と幸せな結婚生活を続けていたはずだったのだ。

座ってくれないか、と一ノ瀬はソファを勧めた。先に向かいのソファへ腰かける。が、久実は右手の窓辺から外を見た。今日は、腰の後ろで大きなリボンを結ぶオリーブグリーンのブラウスに、カーキ色のパンツを合わせている。

「どういう事情なのか、話してくれないか」

「必要なことは、面接で話したわ。その記録を見せてもらったら?」

「基本的に人事の資料だ。人事以外には使われない」

「面接の時に聞いた。ルール、守られてるんだね」

犬丸は今も市役所勤めだが、何年も前に三山フィルムコミッションからは離れていた。一ノ瀬が電話やインターネットで調べがついたのは、今のところその程度だ。

「朔太郎は元気？」

「ああ。なぜ、おれに訊く」

「仲いいんでしょ。朔太郎のブログとか見てるとわかるもの」

久実は窓枠に手を置き、空を見ている。

「お草さんも元気かなあ」

ここの空は、街中のそれよりずっと広い。

一ノ瀬は久実を急かすのをやめ、話に付き合うことにした。それしか、心をほぐす手立てはなさそうだ。

「お草さんと会ってないのか」

「全然。閉店後いろいろ整理して、そのあとはずっと会ってない。それに、お草さんはあそこにいないし」

「じゃあ、どこにいるんだ」

「さあ……」

やや細くなったように見える首が、少しだけ右に傾ぐ。

「ねえ、どうしてだと思う？」

横顔の久実が遠い目をする。

一ノ瀬は、どうしておれたちは別れたのだろう、と思う。会社が忙しくなり、すれ違いが増え、二人の間にできた溝が埋まらなくなっていった。それはそうなのだが、細かいことはもうぼんやりとしか思い出せない。まあ、相手にされなくなっていったことは確かだ。

二人のことを思い返している一ノ瀬の前で、久実は杉浦草について話し続けている。

「ほんと、お草さんはどうして小蔵屋を閉めたのかしら。理由は聞いたのよ。気力と体力の限界ね、時が来たの、って。でも、あれから時々思うんだ。何か、すごく急に決まったことなんじゃないかって。そんな感じがするの」

外では、また子供たちのはしゃぎ声がしていた。今日から小中学校が夏休みだからか、一段とにぎやかだ。

最近はお昼寝もろくにしやしない、と久実が下へ向かって手を振る。

「あの頃、忙しすぎて、なんだかなあって思ってたのに、あなたが当時一生懸命やっていたことに、私は今こうして助けられてる。人生って、わからないものね」

話は違う方へと流れ、時間ばかりが過ぎてゆく。

公介って呼べよ。一ノ瀬はそう思ったものの、口には出さない。

第三章

それぞれの昼下がり

マンションの住人が、エントランスの最初の自動ドアを抜け、風除室でスーツのポケットから鍵を出す。

車寄せでタクシーを待たせた杉浦草は、タイミングよくそのあとに続き、坪庭のあるマンション内へ入った。久実と一ノ瀬にみやげを渡すだけで、長居するつもりはない。ポンヌフアンの新しいデザインの手提げ袋には、プルーン入りケーキが一本入っている。バクサンの時代から大人気だった焼き菓子だ。

脇の郵便受けに立ち寄る住人と別れ、先にエレベーターへ乗った。十八階のボタンを押す。いつ来ても静かなマンションだった。胸には、バクサンのポンヌフアン引退と文学賞受賞を祝った夕食の余韻が、まだたっぷりと残っている。

若い二人が同棲している部屋は最上階になる。以前招かれたこともあるし、入居前の下見まで一緒にしたから、草もよく知っていた。所有者の夫婦は、少々の雑用を請け負うことを条件に格安の月五万円で、リビングダイニング、客用の寝室、水回りなどを貸し、シンガポールへ赴任している。

昨年末以来、一ノ瀬の顔を見ていない。

といって、そのことを久実の前で話題にしたこともなかった。

一体、何を恐れているの——草は数字が上がってゆく階床表示灯を見上げ、深呼吸する。

留守なら、今は何も訊くなという神の思し召しだろう。みやげはドアノブにでもかけておけばいい。ほろ酔いの頭でそんなふうに考えていたのだったが、玄関ドアの前でインターホンを押すと、はい、と男の声で応答があった。

「一ノ瀬さん、こんばんは。小蔵屋の草です」

インターホンに向かって話すと、直接の応答はなく、微かに複数の男の声が聞こえてきた。どうも最初に出た人は、一ノ瀬ではなかったらしい。

しかし、玄関ドアを開けたのは、ワイシャツ姿の一ノ瀬本人だった。

「こんばんは。どうされたんですか」

彼は裸足にサンダル履きで玄関に立ち、草を見下ろしている。口元に笑みを浮かべてはいるが、どこか浮かない表情だ。

玄関には、革靴の隣に、かなり大きな山靴らしきものが一足揃えてある。来客中なのだろう。玄関ドアの開き具合、上がり端《はな》にたたまれ損なって山になっている大判の地図があるところをみると、どうも取り込み中らしい。

「急にごめんなさい。ポンヌファンで食べたから、おみやげ。プルーン入りのケーキ」

礼を述べた一ノ瀬が、すっかりご無沙汰してしまって、とますます浮かない表情になってゆく。

――口にしないからって、現実が変わるわけじゃない。

さきほどのバクサンの言葉が、また聞こえてくる。草は酔いが醒めてきた。

「ねえ、久実ちゃんと何かあったの？」

一ノ瀬は、束の間あれこれ考えたようだったが、やがて一つうなずいた。


翌日の金曜日、小蔵屋は開店時間の十時から混雑していた。

夜の雷雨のせいで朝から蒸し暑く、涼を求める客の出足が早い。

そのうえアンドアースの学生たちが例のミントグリーンのTシャツ姿で押し寄せ、さらに日曜日に結婚式を控えたカップルと、やはり結婚を予定している女性も来店した。草は久実にレジを任せ、試飲サービスと結婚式の引出物の相談を引き受ける。

試飲の水出しコーヒーをカウンターの客に出したあと、

「先日は写真をどうも」

と、アンドアースのリーダーの中司に礼を言った。レジとカウンターの中間辺りで、長身の中司がにっこりする。額の広い真面目そうな顔は、一段と日に焼けていた。

今日は申し合わせてきたらしく、学生たちが口を揃えて試飲を遠慮し、カウンター席にも楕円のテーブルにもつかない。それでも前回以上にコーヒー豆と値頃なマグカップやフリーカップを購入してくれるので、小蔵屋としては申し訳ないくらいだ。すると、久実が右手の人差し指と親指を見せて少し広げる仕草で、コーヒー豆をちょっと多めにいいですかと訊いてきた。草は大きくうなずく。

「ご用意できております。どうぞ」

日曜日に挙式と披露宴を迎える二人に、引出物の入った手提げ袋を引き渡す。薄い化粧箱に銀色の和紙ふうの包み紙、幾重にもして華やかな結び切りにした赤い水引には、当人たちだけでなく、周囲からも感嘆の声が上がった。そばに置いた中身の見本、約七寸の梅形朱塗り中皿を手に取るものまでいる。手彫りの木地に味があり、深い赤の塗りは極めて丈夫。若い作家のものだ。つまみを何種類か載せてワインを飲む、あるいは和え物などを盛って普段の食卓にもよい。和洋問わず、用途は広い。

十一月に結婚を予定しているという女性客も興味深そうに見ており、おめでとうございます、とカップルに声をかけた。すぐに女同士の話は広がり、どちらも少人数で、神社で挙式とわかった。カップルが料亭の一室で披露宴だと言うと、渋い、素敵、と話が盛り上がる。草もその傍らで、現代はそういう古風なのが渋くて素敵なのかと学ぶ。

めでたい人たちの向こうに、会計カウンターの久実が見える。

ああ、なんてことなんだろう。別れていただなんて。

草は昨夜の一ノ瀬を思い出し、ふいに胸を突かれたように息苦しくなった。昨夜は別れについて一言も漏らさない久実の胸中を思ったり、役立たなかった自分に腹が立ったりで、ろくに眠れなかった。だが、もちろん表情には出さず、努めてにこやかに振る舞う。

いつの間にか、真ん中のカウンター席に、常連の阿久津が座っていた。

面長の顔が時折、こちらの学生らもいる方に向く。かなり渋面になっている。無理もなかった。種を実らせた向日葵などを持ってきてくれた先日も待たせた上、今日は出直して来てくれたのだ。

阿久津をこれ以上待たせたくないとは思うが、草も身は一つしかなく、順に接客するしかない。カップルを会計カウンターへ連れてゆくと、今度は十一月に結婚を控えた女性客へ引出物になりそうな器をいくつか見せる。

合間を見て阿久津に試飲の水出しコーヒーを勧め、ごめんなさい、もう少し、と断りを入れると、待つよ、と阿久津がぼそっと言った。先日の久実の話では孫娘のことだというから、おそらくこちらも結婚式の引出物の相談と思われる。

一ノ瀬と別れた久実の目の前で、次から次に結婚式の引出物の話とは。さすがに、草は笑顔が切なくなってきた。あんたはこんなそばにいながら、一体、久実ちゃんの何を見てきたの。そんな声がどこからか聞こえ、草を責める。久実はどんな思いで毎日働いているのだろう。別れは口にするのもつらく、また草たちを失望させたくないし、がっかりした人たちを見たくもない。そっと先へ進みたい。そうした久実の思いを想像すると、いたたまれない。

半時間ほどの接客の末、草はカウンターの中へ戻った。阿久津は、落ち着ける壁際の席へ移っていた。

「阿久津さん、お待たせしました。この間も悪かったですね。お花まで頂戴して」

草が先日もらった向日葵と野薔薇が飾ってある楕円のテーブルに目をやると、少しの間、阿久津も身体をねじってそちらを眺めた。

「さっきいた緑色のＴシャツの学生たちは、お草さんの知り合い？」

「知り合いってほどじゃ」

「大繁盛だ。それとも、おれが客を連れてくるのかな」

とはいえ、客の波は嘘のように引き、もう他の客は楕円のテーブルの二人だけとなった。

「秋はお祝い事が多いから」

草は久実を気にしつつ、つい声を控えめにしてしまう。

「なんでも、お孫さんのことだとか。やっぱり、おめでたいことかしら」

阿久津が短く唸り、顎をなでる。表情が曇ってゆく。

草は、自分が的外れなことを言ったのだと知った。空になっていた気泡の美しいグラスにそっと水出しコーヒーを注ぐ。表をゆく自転車のベルが聞こえる。ピアノ曲のＣＤをかけると、雪原を連想させる北欧の音楽が店内に広がった。

まいったよ、と阿久津が静かに切り出した。

「西方の峯を知ってるかい」

「ええ。この辺でも、いざこざがあったから」

探るかのように草を見た阿久津が、いっそう声をひそめた。

「大学生の孫娘が、それにはまっちゃってね」

草は返す言葉がなかった。

何年か前にここへ来た、おさげ髪の少女が彷彿とする。まだ中学生くらいだっただろうか。あの時、おれに似ず出来がよくてね、と顔をほころばせていた常連は、いま文字どおり頭を抱えていた。

「とにかく外出が多くなって、最初は大学でも友だちができてよかったなんて思ってたんだが、恵まれない子へのボランティア活動の話がだんだん宗教臭くなってさ。ある日あとをつけていったら、あの西方の峯のでかい建物に入っていくじゃないか。人をだまして、金を巻き上げて、大勢の人生を目茶苦茶にしても平然としてるカルト教団にだよ。唖然としたよ」

雪原が春色に染まってゆくような旋律が、阿久津の嘆きを覆う。

西方の峯のベージュ色の一見普通のビルは、中心市街地から西へ車で十分ほどの場所にある。人と人が向かいあったデザインのハート形のロゴマークと、教祖伊部《いべ》導師の仙人のような写真付きの看板が大々的に掲げられているので、誰にでも一目でそれとわかるが、何十年かが経過する間に景色に溶け込んでしまっていた。全国に支部はあるのだから、どの街でも似たような状況だろう。

それに、カルト教団が、大学でそれとわからないように近づいて若者を勧誘する手口も、昔からある。

加えて議員、特に与党議員とは以前から深い関係なのも知られている。近頃はどういうわけか、新聞・テレビを含め、あえて口に出す者が少なくなったというだけだ。

「優秀な子なんだ。優しい子なんだ。それが、何を言っても聞く耳を持たない」

定年になるまで現場監督として道路や橋を造ってきた男が、頑丈な両手を合わせて固く握りしめる。つむってまるで祈るかのようだった目が開いた。

「頼む。あの子に、話してやってくれないか」

どうして私が――草は驚き、少々上半身を引いた。そうだよな、気持ちはわかるよとばかりに阿久津は長い顔で何度も小刻みにうなずき、しかし、すがる目で前のめりになった。懇願は低く絞り出すように続く。

「あの子は前から、お草さんを素敵だって言っててさ。着物姿がかっこいいとか、自立した女性だとか、生意気にそんなふうに。だから、お草さんの言うことなら耳を貸すかもしれない」

「そんな……」

「こんなことは、口の固いお草さんでなきゃ頼めない。噂になれば、あの子の将来に傷がつく。助けてくれないか。お願いだ」

草は今、見たくないものを見ていた。定年後も、ここで薄汚れたヘルメットを脱いだ阿久津だ。日に焼けた顔で微笑み、孫の学費稼ぎさ、と笑っていた。定年退職したかつての勤め先へ、臨時雇いとして働いていた時期があった。おれの道楽はこれ、とコーヒー豆を買いに来る、そういう人が頭を下げている。

宗教が人の害になってどうするのよ――草はそんな思いから、うなずいてしまった。

「お孫さんが、ここへ来るなら、話してみるわ」

自分にできることがあるなら、しなさい。そう語りかけてくる何者かがいる。

それはもしかしたら、丘陵の上の観音であり、河原の小さな祠であり、あるいは死んだ息子の寝顔に似た三つ辻の地蔵なのかもしれなかった。

そういえば阿久津さん何だったんですか、と久実に訊かれ、草は用意しておいた答えを返す。

「着物のこと。着付けを習いたいらしくて」

「えっ、そうだったんですか」

売り上げには関係ない話に、久実が気抜けしたように微笑む。

草は阿久津から、他言しないでくれと念を押されていた。

不思議なものだ。力になるとうなずいてしまえば、やがて考えが広がってくる。

最初のきっかけは、その日の昼下がり、女性客二人の会話だった。

「そういう時は、次の男よ」

失恋したばかりの友人を、もう一人が慰めていた。

それを聞いた草は、ミントグリーンのTシャツの集団を思い出していた。信じていた仲間を失うなら、新しい仲間が必要かもしれない。それに、大学内の情報も彼らなら詳しいはず。力になってくれるのではないか。

一つ策を思いつくと、若干の弾みがつく。

次に草は、仕事の合間を見て、奥の事務所に引っ込んだ。阿久津が残していったメモには、彼の携帯電話番号と「まりか」という愛孫の名が、筆圧の強い文字で書いてある。この孫が恵まれない子のためにボランティア活動をするというなら、ああいうところにも協力したいと思うかもしれない。

「さて、あれは……どこだったかな、と」

草は引き出しを探り、間もなく目的の封書を取り出した。

福祉作業所『たんぽぽ』から、時折届く「たんぽぽ通信」である。草は何年か前、ちょっとしたことからその施設を知ることになったのだった。本来なら働き盛りであるはずの大人が多く、後遺症による機能障害や精神疾患が原因で一旦離職した人々が、生計の一助にあるいは再就職までのワンステップにしようと日々働いている場所だ。パソコンで作られたそのたんぽぽ通信の末尾には「たんぽぽサポート隊募集！」とある。同じような経験をして社会復帰した人、あるいは施設に協力したいと思う人に、手を貸してくれという呼びかけだ。

「ゆっくり、のんびり、みんなで」がその合い言葉になっている。

福祉作業所へ電話してみると、お久し振りです、と知人の明るい声に歓迎された。

「こちらこそ、ご無沙汰してしまって。ちょっとお伺いしたいことがありましてね」

若い女性でも手伝えることがあるかと問うと、もちろんです、と即答だった。これから本人に話してみようとは思うが、ボランティア活動に興味があるという程度でそちらへ伺えるかどうかもまだわからないと一応断っておく。

「それでしたら、秋のフリーマーケットなんていかがでしょう」

「フリーマーケット？」

「持ち寄った不用品や、ここで作った製品を売るイベントです。ふらっと遊びに来て、雰囲気を見てもらえれば。丁寧にきれいにした中古のパソコンやケーブル類なんかもありましてね、けっこう人気なんですよ」

聞いているうちにそんな内容のたんぽぽ通信があったのを思い出し、あーはいはい、と草は大きくうなずいた。

「ありがとうございます。それなら気軽に行けますね」

草は十月中旬だというフリーマーケットの日時を書きとめ、ご親切にどうも、と頭を下げつつ電話を切った。常連の孫が小蔵屋へ来るかどうかもわからないが、一つ二つでも手立てがあれば役に立つかもしれない。そう考えると、少しほっとした。

午後も、小蔵屋はにぎやかだ。

何組か帰れば、また何組かが来るという調子で、客が途切れない。

客たちは三和土と白い漆喰壁の店舗へ入った途端口々に涼しいと言い、にぎやかなおしゃべり、豆を挽くグラインダーの音、使う水音とそれらが重なりあう。午前中からずっとかけ続けている秋冬向きのピアノ曲が、涼しさに一役買ってもいるのだろう。暦の上では初秋でも、日中は三十度を優に超え、夜は二十五度前後とまだまだ暑い。

カウンター席の、失恋した友人をもう一人が慰めていた場所では今、高校生たちがけらけらと笑っている。午前中に結婚式の引出物を渡した草の手は午後になって、法事の返礼品を三十ばかり包んでいた。一ノ瀬と別れた久実はその横で、ペアで使うのだろう色違いのフリーカップのレジ打ち中だ。これ素敵ですよね、と久実から声をかけられた若い主婦が照れたみたいに微笑む。

「ありがとうございました」

とう、のところがぴょんと跳ねる独特の語調で、草は何人かの客を送り出す。

同じこの空間にいて、世界はまったくいろいろだ。

ほんの少し時間がずれただけで、慰めの場は笑いの場に変わり、祝う手は弔う手になる。笑っている人の胸に嵐が吹き荒れ、次の瞬間には、肩を落としている人の胸に小さな希望の火がともるのかもしれなかった。

その晩は、贈答品を求める客のため、少々の残業となった。先に帰っていいとささやいても、久実は律儀に熨斗《のし》をかけ続けている。

「ご飯、食べていく？　黒毛和牛があるから」

「ありがとうございます。でも今夜、ビアガーデンなんです」

いいわねえ、と品物を待っている客からも声がかかった。

「大勢？」

「ええ、スキー仲間が大集合」

「じゃあ、にぎやかね」

最後の客を送り出し、愛車パジェロに向かう久実を呼び止めて、大入の赤いぽち袋を握らせた。

「運転代行にでも遣って。今日は抜群に売り上げがよかったから」

何も悟られないよう、草は商人の顔でにんまりする。

久実もうれしそうに受け取り、遠慮はしない。新しい髪形のゆるく波打つ前髪から覗く瞳は小蔵屋の橙色の明かりを受け、青いシャツブラウスの広く開いた襟元には一ノ瀬と揃いのネックレス、二つの輪を組ませた飾りが揺れる。

もしかすると、ネックレスはここで働く時だけ身につけるのかもしれなかった。

そう想像すると、草は鼻の奥がつんとした。運転席へ回ろうとする久実の、髪をかけた両耳から短めになった襟足の辺りが、憂いを帯びて胸に迫ってくる。

「お疲れさま。土日もよろしくね」

「任せてください。お疲れさまでした」

別れたと打ち明けるほうが楽なら、とうにそうしているだろう。なら、知らないふりをし続けよう。

草は自分に言い聞かせ、駐車場を出てゆくパジェロに軽く手を振る。

まだ空は薄明るく、どこかで蜩《ひぐらし》が鳴いている。


——もう、本当にだめなの？

一ノ瀬に訊くと、彼は静かに微笑んで首を横に振る。

それは今朝方に見た夢であり、ポンヌフアンの帰りに寄ったマンションでの現実だった。

午前五時、草は寝床の中で暗い天井を見つめ、少々感傷的な気分になっていた。

どうしてこう、次から次に。

目覚めた時から降り続いている強い雨に、轟々と内なる風が重なる。この天候では、河原まで歩くのは無理そうだった。好きな夏が過ぎゆくのを感じる。

それでも、実にたっぷりと眠った感覚があった。昨日の寝不足と疲労のためだろう。頭は冴え、背中と腰は痛く、とてもこれ以上は横になっていられない。

めきめきする身体をさすったり伸ばしたりして騙しだまし起こし、顔を洗って口をすすぎ、一杯の水を飲む。寒くなれば白湯《さゆ》にするだけで、年中変わらない朝の決まり事だ。

亡母の大島紬《おおしまつむぎ》を着て身支度を整えた草は、仏壇に手を合わせたあと、店へ行った。

今朝こそバクサンの短編『終わらない宴』を読むといい、と雨音と身体が言っている。

実はポンヌファンで、最初の一行が目に入ってしまっていたのだった。

《土砂降りの夜を、彼は無我夢中で走った。死ぬわけにはいかない。ヘッドライトが追っ》

だから、なんとなく読むなら雨の日がいいとも思っていた。

バクサンの記念すべき作品を読むには、やはり自分で築いた店だろうと、カウンター内の明かりをともす。外は悪天候のためまだ暗く、ブラインドがわりの簾も下ろしたまま。誰もいない店内でコーヒーを落とし、一切れのカステラと一房のデラウェアを添える。器は、古い染付《そめつけ》の蕎麦《そば》猪口《ちょこ》と、水を溜めたような薄青い釉薬の白磁長皿を選んだ。

蒸しはするが、気温は上がらなそうだ。

実際、地元のＦＭラジオの天気予報も、最高気温が二十五度と伝えている。続いて、この街の交響楽団によるモーツァルトのピアノ協奏曲第二十一番が流れてきた。晴れやかな明るいピアノの音色が、雨の鬱陶しさをやわらげる。

ラジオの音量を抑え、愛用の木の椅子に落ち着く。背もたれまで敷いてある藍染めの長座布団に包まれる。

草は読書用の眼鏡をかけ、いよいよ文庫本サイズの文芸誌を開いた。

冒頭のわずか数行でラジオから流れる音楽を忘れ、やがて現実の雨音からも遠ざかり、物語の中の雨に打たれていた。もちろん、それに気づいたのは、筆力に圧倒されつつ、冷めかけたコーヒーを一口啜ったあとのことだ。ラジオを切る。

物語の設定は現代、必死で何者かから逃げていた男は翌朝水死体となって発見される。彼は若い小説家だった。自殺として処理され、葬儀となるが、芸術家仲間の一人であるノンフィクション作家兼写真家の江木が他殺ではないかとの疑問を抱き、画家、作曲家の二人とともに真相に迫ってゆく。

八十枚の短編とはいえ、老体には長い読書になる。

自殺するわけがないという具体的な証拠が一つ二つと見つかってゆく場面で、草は立ち上がってカウンター席の方へまわり、凝ってきた背中を黒光りする一枚板の縁へ押し当てた。死者が最後に会った人物がかつてのベストセラー作家だったことを突きとめ、その老作家と対峙する場面では、いったん文芸誌を伏せ、後半に向けてカステラとデラウェアを食べ尽くした。

同郷のよしみから、老作家は死者と交流があった。現在、二十年の沈黙を破って長編を上梓したばかりで、高齢での大きなスタイルの変化が話題となっている。一方、亡くなった小説家も長編に取り組んでいたはずだが、その原稿がどこにも見当たらない。もしかしたら、老作家が盗作を？　その末に、殺人に至ったのか？

江木は身の危険を感じ、自身が真相に近づいていることを確信。一方、老作家の新作はベストセラーの階段を駆けのぼる。草はそこでまた休憩して、冷凍してあった黒豆ご飯をごま塩のおにぎりにし、食べながら続きを読み始めた。

物語は、盗作を隠蔽するための殺人という見立てから二転三転、息もつかせない。

終盤では、老作家とその周辺の信ずる単一民族国家神話と、老作家の過去が殺人の原因だったと判明する。国家主義的思想と幻想でしかない純血主義を新しい武器として、一部の国会議員や経済人、また一定の読者を引きつけ、ベストセラー作家に返り咲いた老作家は、故郷での過去に怯えていた。夏になると訪れた生家において、やはり親戚宅で夏を過ごしていた才女と年齢差を超えて恋に落ちた。妊娠がわかり、堕胎と別れを決断、その際に相手が韓国系だと知った。十数年前の、八ヶ岳山麓での出来事である。

韓国系の才女が招かれた彼女の親戚宅は、殺された小説家の実家だった。つまり、老作家にとって、同郷の若い小説家は不都合な過去の証人だったのだ。のちに、被害者はその過去を知らなかったと遺族が語るが、後の祭りだった。

奇妙な右傾化が見られる実社会の反映、意表を突く展開とその速さ以上に、草は江木ら芸術家仲間に心引かれた。

若い彼らは、単一民族はないやろ、だよな、と笑い飛ばし、死者の声に耳を澄ましては危険を承知で行動し続ける。江木の父はロシア系、作曲家の妻はアフリカ系アメリカ人だ。だが、やがて画家が、金と権力をちらつかせる老作家に買収され、死んだ友と生きている友の双方を失う。最終的に、江木と作曲家に運命は味方し、人を使って殺人を犯した老作家は逮捕される。

草は読了後、大きく息をついた。

著者があのバクサンであり、昔からの友人であることなど、意識になかった。

江木や作曲家らが心から離れない。彼らと献杯をするかのような気分がいつまでも抜けず、また同時に、友を失った画家の、創作の神からも見放され、精神が保てなくなってゆく姿が忘れられない。画家が浴びるように飲む傍らには、誰かのための、もう一杯の酒が置いてあった。

人はなんて強く、また、脆《もろ》いのだろう。

洗濯物を縁側に干しながら、草はふと小説の世界に立ち返る。

たった八十枚の『終わらない宴』には、生と死、栄光と挫折、愛と憎しみ、自由と束縛といった相反するものがあふれていた。芸術家集団、天の仲間たちとかつて味わったものだった。あの頃、仲間たちは太平洋戦争後の荒廃した時代にあっても、死者たちの声を聞き続けていた。神に選ばれた才能が生き残ったんだ、きみたちもよかったじゃないか、そう言い放ったある人物を、その場で殺しかねなかった男も、またそれを押しとどめたのも天のメンバーだった。

草は洗い立ての枕カバーを手に、縁側から雨の庭を見やって自らを省みる。

果たして、今も死者の声を聞いているだろうか。亡くなった者たちは律儀な墓参より、もっと別のものを切実に望んでいるのでは。

小蔵屋を開ける十時になっても、小雨が降り続いていた。土曜だが、人の動きが少ない。

それでも、客を迎える草の心はどこか晴れやかだ。

生き延び、道を切り開き、幸せになること。暗い時代の犠牲者を悼み、その時代に威張りくさっていたろくでなしの鼻を明かすのには、それがいい。バクサンの新しい成功は、そうした意味でも草の胸をすっとさせる。

今日は一段と元気ね、と客からカウンター内へ声がかかる。

「よく寝て、いい夢を見たからでしょうかね」

バクサンの夢は、長い時間をかけて現実となった。

「あら、どんな夢?」

「内緒」

草の出したコーヒーの香りに、カウンター客とのくすくす笑いが混じる。

会計カウンターの久実までが、こちらへ向いて微笑んだ。昨夜のビアガーデンは楽しかったようで、出勤時からしばらくその話をしていた。なんでも、隣のテーブルが高校の同窓生たちで、久実にとってはスキーと高校の二つの飲み会に一遍に参加したみたいだったらしい。

昼の休憩に、久実は草の勧めた湯を注ぐだけの蜆《しじみ》の味噌汁を喜び、草も同じ味噌汁を添えた遅い昼を済ませ、それからバクサンへ短い手紙を書いた。

バクサンから手紙を受け取ったと電話があったのは、数日後の朝、草が丘陵の羽衣《はごろも》坂を下っていた時だった。紅雲町の屋根の海がだんだん近くなる。

「歩いているのかい」

「お墓の帰り。息子の月命日、だったから。ちょっと、遅くなった、けど」

少々息が切れ、歩調を緩める。

「そうか」

「けっこう、涼しいわ」

晴雨兼用の黒い蝙蝠傘を持ち上げる風が心地よく、つづら折りの道が木陰になる。

「ファンレター第一号だ。うれしかったよ」

「そうでしょうとも」

「《誰が書いた作品かなんて忘れていた。夢中で読んだわ。》すごい誉め言葉だ」

脱帽です、と草は真面目に返す。天を率いた元夫が、感服した時に使う言葉だった。

「それから、封筒が小蔵屋のダイレクトメールにしか見えないところがいい。商品パンフレットも入ってさ」

「いずれ来たる出版記念パーティーの引出物にどうかと思って。営業よ」

バクサンの愉快そうな笑い声が響いてくる。本当は何の手紙かと先方の家族に不審がられない策だったが、それがわからないバクサンでもない。

「おれたちは誰の葬式にも行っていない。生きることが弔いだ」

おれたちとは、バラバラになっていった天の仲間のことだった。勝てないとわかっていた侵略戦争、飢えるほどの困窮、正気が保てない人がうらやましく思えたくらい狂った時代を、誰もが生き抜き、いっときはともに芸術の道を志した。その後の消息がわかる者はひと握りに過ぎない。

一体、存命の人がどれだけいることだろう。

草は肩に傘を預ける。木洩れ日の光と影が交錯する。

「身体を大切にして、がんばって」

「おう。小蔵屋のお草に負けてたまるか」

バクサンも、轟々という内なる風を聞いているのかもしれない。

初秋の風に吹かれつつ、草は微笑む。


ある午後、二時間以上中央のカウンター席にいる男が、いい店ですね、とふいに言った。高めの明るい声だ。

草は器を洗いつつ、どうも、と愛想よく答える。

「コーヒーも、おいしい」

男は三十代だろうか。とうに空になっただろう、フリーカップを持ち上げる。坊主頭で、口まわりに短い髭。大きな目は好奇心を隠さず、茶色い瞳がよく動く。その男の洗いざらしの薄緑色のシャツに合わせ、草は薄緑から灰色までの自然な濃淡とガラス質の罅《ひび》である貫入《かんにゅう》が美しい、灰釉の器を選んだのだった。

椅円のテーブルを拭く久実が、客の背後から声をかける。

「お車、キャンピングカーですか」

「ええ。キャンピングカーとしてはミニだけど」

店の表側に並ぶガラス戸の向こうに、新しくはないシルバーのそれらしい車が見える。バンの屋根から後部にかけて、厚みのあるL字型の付属品をかぶせたような形だ。来店時に少々目立っていた。

「寝られるし、カップ麵くらいは作れます。あれに作品を載せて全国を回るんです」

草は水道を止めた。彼の言葉を反芻《はんすう》してから、久実と目を見合わせ、再び客へ視線を戻す。

「あら」

「そのとおりです」

大きな目が楽しげに見開かれ、広げられた筋肉質の両腕は右手のひらだけ優雅に胸へと押し当てられ、坊主頭が少々下がる。まるで、劇中の王子のような挨拶だ。嫌味なく、妙に様になっている。

客は、新進気鋭の器作家ジョー・ナンバ、備前市の難波丈だった。

試飲の客がカウンターの向こう端と楕円のテーブルに一人ずつ、和食器売り場にも客が数人いる。多少、こちらに関心が向く気配があった。台布巾と器を持った久実が目を丸くして、カウンター内へさっと戻ってくる。彼が店へ入ってきた時、雰囲気ある人ですね、とささやいたのは久実だった。

「名のらず、失礼しました。お店のいつもの感じを知りたくて」

草は、カウンター越しに差し出された名刺を受け取った。白地に黒い文字のみのシンプルな名刺は、裏が英語表記になっている。

「シャープで素敵な、お名刺ですね」

「これも自分で作ってます」

ジョー・ナンバが、パソコンのキーボードを打つ仕草をしてみせる。

壁際の席にいた初老の女性客が顔を上げ、やりとりされた名刺と彼のほうへ視線を寄越した。その途端、彼は笑みを返し、新たに一枚の名刺を示して草に目で許可を得ると、その客へ手渡した。金縁の眼鏡をかけ直した客はうれしそうに名刺を見て、陶芸家さんなのね、と笑みを返す。

「有名？」

「その予定です」

訊くほうも訊くほうだが、答えるほうも答えるほうで、笑いを誘う。

「あなた、運がいいわ。小蔵屋さんはね、今日雨でなきゃ、試飲の席に座れないくらい混んでるのよ」

「ええ、運がいいんです。その点は自信が」

笑いがおさまったところで、草は付け加えた。

「ジョー・ナンバさんは、海外でも個展を開催して、素晴らしい作品を作られるんですよ。当店でも、年明けに個展を」

「本当に、すごくいいんです」

久実も前のめりになる。その時には、和食器売り場から出てきた客を含む全員に、ジョー・ナンバは名刺を配り終えていた。四十七都道府県巡回展についての彼の説明にも、面白い、なるほどねえ、と即座に反応がある。彼の作品が草と久実を引きつけたように、彼自身にも人を引きつける何かがあるようだ。

カウンター席に戻ったジョー・ナンバに、草は伝えた。

「新しい貸出票の郵送、ありがとうございました。違っていたほうは破棄しましたから」

先日電話で条件をすり合わせ、小蔵屋での個展の開催を決めたのだが、その際、作品の貸出票が一枚違っていた件を伝えたのだった。

「ああ、あれ、農家のキヨイさんです。清い衣と書いて、清衣。美しい名でしょう。ごっつい男なんですけどね。私のよき理解者で」

「え？　お電話は、ナンバさんでしたよね」

「はい。でも事務関係は、清衣さんと半々かな。手伝うぜって言ってくれて、非常に助かってますが、たまにあんな感じに」

工房向きの場所を探して苦労していた時に出会い、二人は意気投合。清衣と出会ってから、話はとんとん拍子に進み、今では事務仕事から食事に至るまで、清衣とその家族や友人らに世話になっているという。

「さすが備前市。清衣さんは、やきものが好きなのね」

カウンターの客の問いに、やきものが好きというか、とジョー・ナンバが小首を傾げる。

「おれは農家だからこの土地から離れられない。おまえは鳥みたいだな、と。まあ、熊と鳥です。鳥は熊のどっしりとした力がうらやましく、熊は鳥の気楽さがうらやましい」

いつの間にか、客を含む全員がジョー・ナンバの話に聞き入り、登り窯の煙突が立ち並ぶ瀬戸内の暮らしの中にいた。やがて、彼の翼に連れられて、北欧スウェーデン、ストックホルムの海辺の屋台で鰊《にしん》バーガーを頬張り、米国ニューヨークの街角、あれほどの数の人が行き交う大都市で、留学時代の学友にばったり出くわす。

気づけば、カウンターの客が話の進行役、ジョー・ナンバがゲストのような状態で話が進んでいた。

「あなた、本当に運がいい人ね」

「輝く紐の端っこを、ぱっと摑む。経験上、ハズレは少ない」

彼は宙を見上げ、そこへ現れた光る紐の端を、土に鍛えられた腕を伸ばして素早く摑んでみせる。その瞬間、光の粉が居合わせた者たちにも降りかかったのが見えるようだった。

俳優みたい、と久実が草の傍らでつぶやく。

ジョー・ナンバ、いや、難波丈という人物にはそうした素質もあるのだろうと、草は思う。俳優、政治家、新興宗教の教祖。そんな彼を思い描いてみても、けっこうはまる。

あとから入ってきた客も足を止め、すでに店内はトーク・イベント状態だ。

電話した際に、一週間の個展期間中は客と毎日話したいとの申し入れがあったのだが、狭い店だからと一日のみに限定した。この様子では、悪くない判断だった。

――いつものお客さんをいつもどおり迎える。それが小蔵屋の一番の仕事なんです。

――行ってみたいな。

ジョー・ナンバからそう言われたことを、この時になって草は思い出した。言ったとおり、彼はここにいる。草は彼の行動力に恐れ入った。訊いてみれば、大阪と関東の何か所かに用があり、ついでにここまで足を延ばしたらしい。

やがて、彼は客の勧めで、丘陵の温泉旅館へ出かけていった。日帰り入浴だ。

草は遅い晩ご飯にジョー・ナンバと久実を招き、その夜は三人で畳に横になって眠った。草は真っ先に一富の梅酒を見えない場所へ移し、二人に手伝ってもらってホットプレートでの焼肉を用意した。久実は食後、シャワーを浴びて作務衣《さむえ》に着替えると、ジョー・ナンバのビールに再び付き合ってスキー選手だった頃の話をした。ジョー・ナンバは、明日のためにシャツブラウスを洗濯するという久実に新品のTシャツを譲り、ショートメールを両親へ送った。どこへ行ってもいいけれど、いざという時に捜せるよう連絡しなさい。そう言われているのだそうだ。ご両親とメールをやりとりするなんていいですね、と言った久実に対し、返信はないんだ、と彼は微笑んだ。

「じゃあ、電話?」

「いや、どっちも来ない」

短い沈黙のあと、その話は打ち切りになった。

涼しい翌朝、草が洗面所の鏡の前で顔の運動をしていると、なんですかそれ、と久実も隣に並んで真似をし出した。鏡の中に、若くて艶のある額と、皺と染みだらけの額が並ぶ。口を縦に大きく開いてぐっと顎を引き、額を鏡に映すようにして、自分の目を上目遣いに見つめ瞼を閉じようと十回努力する運動だ。いつだったか、顔をたるませない整形手術いらずの運動なのだと、ある芸能人がテレビで言っていた。以来、草は長いこと実践している。

「なるべく額に皺ができないように、こうね」

「けっこう難しいですね。お草さん上手」

「年季が入ってるもの」

それを聞いた久実は、横に向き直って草の実際の顔をしげしげと眺めた。間近で見る久実の目はこんな時、子供みたいに澄んでいる。

「効果ありますよ、お草さん、顔がきりっとしてるもの」

「そう？　ムンクの『叫び』みたいよね、これ」

「ムンク運動？」

草と久実は鏡の中へと視線を戻し、ノルウェーの画家の有名な絵画をまねて、悲壮な表情を浮かべ、耳の辺に両手を添える。

その頃ジョー・ナンバはまだ眠っていたが、やがて鯵《あじ》の干物の朝食を平らげると、お世話になりました、じゃあまた、と小型のキャンピングカーに乗り込んで去っていった。空気はさらっとして、青空には鰯雲《いわしぐも》が浮かんでいた。

開店前になっても、鰯雲はまだ空にあった。三和土を掃く草は、走り去るキャンピングカーを思い返す。

「親御さんから陶芸の道を反対されてるのかしら。そうは言わなかったけれど」

カウンター内の小窓から、開け放ってある表のガラス戸へと風が抜けてゆく。

「言わないのって、あれじゃないですか」

「あれ？」

「乗り越えようとしてるっていうか、そんな感じ。たぶん」

開け放ってあるガラス戸の向こうで、久実は軒下を掃いている。顔を上げない。前かがみになっているので、ジョー・ナンバから譲られた赤土色のTシャツがたわみ、黄色やピンク色のクレヨンで描いたような太陽が下を向いている。一ノ瀬と揃いの例のネックレスも、首から垂れて光る。

だが、しばらくすると草の視線に気づき、久実が身体を起こした。

「なんですか」

草は久実を見つめたものの、何も言えなかった。しかたなく、

「何を言おうとしたんだか、忘れちゃったわ」

と、微笑む。

「やあねえ。そのうち、何を言おうとしたんだか忘れたことも忘れそう」

「それも、幸せなような」

「かもね」

あはは、と二人して笑う。

草はラジオをつけ、久実の好きそうな明るい歌に合わせた。音量を上げる。恐くなんかないよ、

と少女のような張りのある声が歌う。

何でもない毎日と、ちょっとのわくわく。そんな繰り返しのうちに、険しくてとても乗り越えられないと思っていたところを、いつしか振り返って眺められるようになっている。そのことを、草自身も知っている。

今朝は、河原から三つ辻の地蔵へと歩く時間がなかった。

なのに、あの世の息子がうれしそうに言う。変な朝だね、と。


翌週も小雨で始まった。このところ、晴れ間は半日ともたない。

曇天の水曜、開店早々主婦がコーヒー豆を買いにきた。エプロン姿でレジ袋を下げている。

「この間、にぎやかだったわね。あの明るい緑色のTシャツ着た子たち、何だったの?」

会計カウンターの久実が、豆を挽くグラインダーの音に負けない声を張る。

「この辺の大学生のグループみたいです。環境を守る活動をしていて、ごみ拾いしたり、木を植えたり。コーヒーを飲むのにも、使い捨てのカップは使わず、コーヒーかすは堆肥にするんですって」

「偉いのねえ。あっ、袋は要らない、これに入れていくから」

「ご協力ありがとうございます。大学生だから夏休みの間はよく来てましたけど、もう授業が始まったのかもしれませんね」

そうなると、常連の阿久津の愛孫もなかなか来そうにないと、草はどこかほっとする。大切な孫がカルト宗教へ近づいて大変だろうとは思うが、赤の他人の年寄りではとても説得できそうにない。

やだ、雨。またぽつぽつ来ましたね。そんな会話を聞きながら、和食器売り場で花を手直しする。猫じゃらしのような穂の野草に合わせていた桔梗《ききょう》が枯れ、白い秋明菊《しゅうめいぎく》に変えたのだ。コスモス似のキンポウゲ科の花は、細く長い茎の先に揺れ、店内には吹かないはずの風を思わせる。

試飲いかがですか、と草は和食器売り場から声をかけた。人が来るのよ、また寄らせてもらいます、と主婦は慌ただしく帰ってゆく。

「忙しそうですね」

「ほんと」

草からは見えない場所で、えーっ、と言った久実が、何かガサゴソと音をさせて走り出ていった。ガラッ、ガタンと木枠のガラス戸が鳴る。和食器売り場からも、ガラス戸の外に久実が見えるようになった。左の丘陵方向へと向かうスクーターを、白いレジ袋を持って追いかけてゆく。スニーカーで全速力だ。降り出した雨が陽に光る。

「まっ、久実ちゃんなら大丈夫……」

そうつぶやいて見ていると、丘陵の方へ向かって高々と手を振る久実が後ろ歩きで戻ってきて、小さくガッツポーズをした。ほらね、と草はまたつぶやき、手元に目を戻す。別のことまで願っていた自分に気づき、口角を引き上げる。

久実が帰ってきた。

「肝心のコーヒー豆をお忘れで。でも間に合いました！」

「さすが、久実ちゃん」

秋明菊の白の中央は、丸く黄色く、満月を思わせる。

中秋の名月が近いので、小蔵屋では『月と人』をテーマにディスプレイしている。

この秋は、お月見、兎といった定番をあえて避け、芸術における月とそこから連想される器を選んだ。

たとえば、萩原朔太郎『月光と海月』、上村《うえむら》松園『待月』、安部公房『笑う月』といった作品だ。文芸なら詩やその作品の一節を和紙ふうのカードにプリントして文庫本を添え、絵画なら絵葉書や図版を使う。

さまよえる若き魂の詩ともいえる幻想的な『月光と海月』には、深い海を思わせる瑠璃釉《るりゆう》の、縁がしなやかにうねる丸鉢を選んだ。逆さにすれば、クラゲにも似た形だ。そこで一つの丸鉢に、もう一つの丸鉢を裏返して引っかけ、海中を漂うクラゲふうに展示しておいた。

縁側で月を待つ、すらりとした女の後ろ姿を描いた日本画『待月』には、錫《すず》の酒器を選んだ。画中の女の透けるほど薄い黒い紗の着物、古風な銀杏《いちょう》文様の団扇《うちわ》は、ひと雨ごとに涼しくなる今現在からすれば去りゆく夏である。注ぎ口から持ち手にいたるまで優美な曲線を持つちろりと、口縁のほうがやや広いすっきりとした筒型のぐい呑みをそこへ置き、日本酒を注ぐ様子を想像すれば、銀の月が見えるようだ。ちろりは、付属の壺型の器による燗はもちろん、冷酒あるいは常温の酒を入れる片口としても使える。穏やかな輝き、硬いはずなのに形を変える、身近にするごとに味わいを増す。そんな、どこか月と似た錫自体の特性も書き添えておいた。

安部公房が自身の子供時代に何度も見た夢とともに創作の一端を明かす『笑う月』のコーナーでは、絵本の月みたい、とか、懐かしい、とかという声が時々聞こえる。花王石鹸の商標を正面から見たような笑う満月に追いかけられるという夢なので、まだ右向きの三日月だった昔の花王の商標や、やきものの現代的な石鹸置きなどを展示してみたのだった。

「そういえば、市立美術館でポスター展をやってたわね」

「いい酒、飲みたくなっちゃったよ」

そんな客の何げない一言が、草としてはうれしかった。

ここへ来ると何かふと別のことが浮かぶ、小蔵屋はそういう場所であってほしいのだ。

山の家のバーベキューに招待してくれてそれきりになっている若い朔太郎、高齢にもかかわらず新たな人生を歩み始めたバクサン、消息がほとんど知れない天の仲間たちを思いながらのディスプレイだったが、そうしたことは誰も知らない。


客がいったん引けた昼時、久実がラジオの前で天気予報に肩をすくめた。

「十五夜過ぎまで、お天気が悪そうですね」

草はカウンター内の小窓から、雨にけむる丘陵を眺める。

「いいわ、ここでお月見してもらいましょ。誰だって、月なら思い浮かべられる」

「そうですね。コーヒー豆と和食器を売るだけが、小蔵屋じゃない」

そういうこと、と運送屋の寺田がカウンターに寄りかかってうなずく。

「でも、団子は食べたいよな」

団子と聞いて、ぐうと腹を鳴らした久実に、先に休憩するよう草は促した。

おれもすぐ行くよ、と寺田が黒いジャーに入った自分の弁当を持ち上げる。

久実が千本格子の向こうの事務所へ行ってしまうと、ありがとうございました、と寺田が礼を言った。

「何」

「親父。お草さんとポンヌファンで食べて以来、小綺麗にしてますよ」

ああ、と草は返してから笑い、私はなんにも、と顔の前で手を振る。

「またださしなくしてたら、叱ってやってください」

「だから、私はなんにも。息子が監督しなさいな」

「おれの言うことなんて聞きゃしないし、ちょっと遠くなっちゃうんだよね。配置換えで」

どこへ、と問うと、ここよりかなり南の営業所名が返ってきた。それも埼玉との県境に近い方だという。確かに、今までのように通勤途中で実家に寄れる方向ではない。

「新しい営業所ができてさ」

「景気のいい話ね。じゃあ、小蔵屋には？　寺田さんがお休みの時の人？」

「いや、来週から新しい担当が来ます。あーあ、仕事はどこでもいいけど、おれから休憩のうまいコーヒーを奪わないでほしかった……」

無類のコーヒー好きの寺田が、大げさにカウンターへ突っ伏す。あら、と草は目をぱちぱちさせた。

「ま、仕事じゃしょうがないわね。いつでもおいでなさいな。待ってるから」

がばっと起きた寺田が、今度は真顔になった。カウンターに身を乗り出してくる。

「だめなんだよね、久実ちゃんと一ノ瀬さん」

小声の不意打ちに、草はあっさりうなずいてしまった。胸が痛んだ。どうしてか、久実を裏切ったみたいな気がした。

やっぱりな、と寺田が肩を落とす。

「どうしてわかったの」

「おれだってわかりますって。久実ちゃんは彼のことを全然話さなくなったし、その手の、なんというか、結婚とかその方面の話を完璧に避けてるしさ。第一、一ノ瀬さんをちっとも見ないじゃないか」

かすれた小声に力が入る。半ば、寺田は怒っているかのようだ。

私も久実ちゃんから聞いたわけじゃないけど、そうよね、と草は何度もうなずいた。先日会った一ノ瀬のことを、今は口にしたくなかった。そんなことまで言い出せば、この場で収拾がつかなくなる。

「知らんぷりしよ、寺田さん」

「え？　いや、それは……そんなの、言っちゃったほうがお互い楽だって」

カウンターに置かれている寺田の腕を、草はしっかりと摑んだ。

「ねえ、考えて。久実ちゃんが、あの隠し事のできない久実ちゃんがよ、私たちになんにも言わないのよ。それって、どういうことだと思う？」

寺田の目を、真正面から覗き込む。

「今は話したくない、言えば自分がだめになっちゃう、そう思うからじゃない？　がっかりした顔を見たり、傷口に指を突っ込むみたいにして経緯を説明したり、そういうことが当人には一つ一つ苦しいもの。私たちに言えるようになるには、ある程度立ち直る時間が必要なのよ。そういう時期が来れば、いずれ久実ちゃんが自分から言うわ。そのほうが楽だと思えるようになったらね。その時にはきっと、一ノ瀬さんとお揃いのネックレスも外してる」

はっとしたように肩を引いた寺田が、自由になるほうの手で、青い制服の首元を押さえた。ネックレスのことにまで気が回らなかったのだろう。

その寺田に、なおも草は続ける。

「本当に苦しい時には、人になんか話せない」

もはや、久実になったつもりで言っていた。

寺田の視線が、草の背後にある作り付けの棚の方へと動く。

草も寺田の腕を放し、身を起こして同じ方へと目をやった。

作り付けの棚には、試飲用の器がたくさん並んでいる。色絵、白磁、青磁、染付など種類もいろいろだし、フリーカップ、蕎麦猪口、マグカップ、ソーサー付きのコーヒーカップと形も様々だ。

それらを目にすると、人もまたそれぞれなのだと思えてきて、今言ったことが本当に久実の気持ちなのだろうかと草は疑った。傲慢よね、と心の中でつぶやく。

だが、寺田が言った。

「本当に苦しい時には人になんか話せない、か。そうかもしれない。それに、久実ちゃんにはおれたちしかいないわけじゃないし」

「ええ。家族も、友だちも多いから」

二人して大きく息をして、目を合わせ、話に区切りをつける。

少し経って、草がコーヒーを飲んでいると、久実が千本格子を開けた。

「あれ？　寺田さんは」

「なんか急用だって」

それから、草は久実にもコーヒーを勧め、寺田の配置転換について話した。来週から寺田さんじゃない人が来るんですか、ふーん、と少々久実は寂しげだったが、そういうこと、と草は明るく返す。

寺田の配置転換にけっこうショックを受けていた自分がいて、妙な感じがしていることは言わず、寺田がコーヒーをステンレスボトルに詰め、今日は久実ちゃんに余計なことを口走りそうだからさ、と出ていったことも言わない。

草は久実と熱いコーヒーを啜る。

久実には色絵のフリーカップ、自分には古い染付の蕎麦猪口だ。

「外、明るくなってきましたね」

「そうね。風が出てきた」

鏡の前で顔の運動をした先日みたいに、カウンター内の小窓に向かって肩を並べる。跳躍の直前のように身体を低めると、空が少し広くなる。


やや濁った流れに、小石を投げ込む。

一帯を包む川音を乱さず小石を呑み込んだ川は、何事もなかったかのように流れゆく。このところの雨で若干水量は多くなっているが、それもいつしか、薄青く澄んだ流れに戻るのだ。

――ねえ、久実ちゃんと何かあったの？

思えば、マンションでのあの問いかけも、小石のようなものだった。あの時、二人はとっくに別れていたのだから。

誰もいない早朝の河原に、草は立っている。

護岸工事を施した向こう岸では川鵜《かわう》が流れをじっと覗き込み、その上方の国道には大型トラックが一台、また一台とゆく。降るのか晴れるのかわからない曇天は白く、上流方向の山々は垂れ込めた雲に覆われていた。

丘陵の観音像に、それから河原の小さな祠にも手を合わせる。どんな言葉にもせず、真っ白な心でただ祈る。この年寄りが何を願っているかなど、あちらはお見通しだからだ。自分を律するため、時にはどうにもならない時の最後の支えとして、こうして長い年月、手を合わせてきた。

さて、この轟々という音は、川か、丘陵を舐めてゆく強い風か、身の内から響くのか。

石に立てかけてあった晴雨兼用の黒い蝙蝠傘を取り、突きながら歩きだす。湿って重そうな雑草が微風に揺れる河原を、土手へと戻る。

あんな場所にいて、と思う。

一ノ瀬のことだ。マンションの玄関に立つ、あの日の彼を思い浮かべていた。

雨あがりのこんなにおい、踏めば水がしみ出る砂地、足裏にごろごろと感じる石、こういう場所を歩くのは彼のほうのはずなのに、とも思う。それでもあの山男は、一度着たスーツを家業の目処がつくまで脱ぎはしないし、雑用をこなしつつ契約満了まであのマンションに住み続けるのだろう。約束だからだ。誰かとのというより、自分との。

一ノ瀬はあの晩ふいに訪問した草に対し、久実から聞きませんでしたかとか、おれからは話せませんとかという、まわりくどい台詞は言わなかった。

――すみません。別れました。

――いつ。

――二月に。

――二月？　半年以上も前じゃないの。

つい非難がましい声が出てしまい、草は自分の口元を押さえた。

すでに玄関内へ入ってドアは閉めていたが、足元には一ノ瀬のサンダルより明らかに大きな山靴があり、上がり端には大判の地図がうまくたたまれずに山となっていて、奥には客の気配がしていた。

――ええ、二月に彼女は荷物を持ってここを出たんです。久実は年末から、あまり帰らなくなっていって。その……おれの仕事が忙しく、すれ違いが多くなって……。

一ノ瀬は、そこで口をつぐんだ。そうして、虚空を見つめて目を細め、ごく小さく首を横に振った。思い出すのがつらいのか、それとも、どうして別れたのか自分でもはっきりしないのか。いずれにしても、なぜ、どうして、と人に問わせない表情だった。訊いたところで今さらどうにもならない、それは草にもわかっていた。

やがて一ノ瀬は、受け取ったポンヌフアンの手提げ袋に目を落としてから、砂色の地に細線の小千谷縮、紗の博多八寸帯という草の姿をつくづく見つめた。

――ご心配をおかけして、本当に申し訳ありません。おれからお話しすればよかったんですが。あの、すみません、できたら久実には、知らないふりをしてやっていただけませんか。言えないんだと思います、今はまだ。その、おそらく久実は、お草さんを大切に思っているからこそ――。

草は大きく何回かうなずいて、彼を遮《さえぎ》った。

彼の言葉や声音からは、まだ久実への愛情がたっぷりと感じられた。それだけに、これ以上言わせたくなかったし、聞きたくもなかった。

――山へ行くの？

――わかりません。ただ、クガという男が熱心で。

――クガさん……そう。来客中にごめんなさい。行くわ。タクシーを待たせてるから。

――いろいろとすみません。

――謝らないで。こういうことはしかたないもの。

そこまで言うと、草は姿勢を正し、まっすぐに一ノ瀬を見上げた。この静かな目をした山男と会うのはこれが最後かもしれない、そう思ったからだ。こちらは、すぐにあの世に召されても不思議ではない。彼も山へ行けば、似たようなものだ。

――一ノ瀬さん、身体を大切にね。

――ありがとうございます。お草さんもお元気で。

ピーヒョロロー。お手本のように、高く鳶《とび》が鳴いた。

草は人が踏みならした土手の斜面の道を、傘を突きつき上がる。少々息が切れる。

土手の上の舗装道路で向き直り、河原の方を眺めてみる。

「マッキンリー、か」

一ノ瀬がいつか登ったという山の名を口にしていた。

そのおかげで今は、マッキンリー山は別名デナリ、北アメリカ大陸の最高峰で六千メートルを超え、緯度が高いためヒマラヤの七千メートル級に匹敵する気圧の低さだと知っている。調べたからだ。マイナス三十度だの四十度だのという厳しい高峰の頂に立つのは、一体どんなものだろう。

一度くらいそんな話を聞きたかったな、と思う。

草が阿久津の愛孫から電話を受けたのは、その日の午後のことだ。

第四章

森に眠るサンゴ

――七年間、語られなかったこと――

一ノ瀬は、梅加工工場へ行った。青い作業着を羽織った事務方の数人と挨拶を交わし、長い廊下の先のドアを開ける。

新人さんどうでした、と人事担当に訊かれ、親子ともだいぶ慣れたようです、と淡々と応じる。さきほど久実を梅園事務所へ呼び出すのに、社宅の生活環境について知りたいという表向きの理由をこしらえたのだった。ガス給湯器の件を利用した。

「入って早々、ガス給湯器の修理ですからね。すぐ辞められても困る。あそこは古いから、この手の修理が多くて」

「社宅の言い出しっぺは大変ね」

老眼鏡の淡いピンク色の縁越しに、人事担当の探るような視線が送られてくる。一ノ瀬はそれに気づかないふりをして、彼女の机に近づいた。

梅加工工場の人事係は生産管理課に属するが、キッズルームが見える場所に独立して置かれ、『なんでも相談室』の札を表にかけている。キッズルームとの境の壁には腰高窓があり、建屋の端のこの狭い部屋が多少広く感じられる。

「森野さんは、七月からでしたか」

一ノ瀬の質問に、ええと、と人事担当がノートパソコンを操作する。その画面によれば、終業時刻まであと五分。早く久実の面接記録を出してくれ、と一ノ瀬は念じる。ここで働くようになった事情を、久実が打ち明けてくれればよかったのだが。

人事データのファイルが選択された。パスワードが素早く打ち込まれる。パスワードは非表示。グレーのショートヘアが邪魔で、一ノ瀬にはキーボードもろくに見えない。

子供の激しい泣き声がし始めた。

子育て経験豊富な人事担当と向かいの机のその部下が、キッズルームへちらっと目をやったものの、それだけだ。ここは託児所ではない。玩具を取りあう小学一年くらいの女の子たちをなだめたのは、タイルカーペットの床に寝そべって漫画本を読んでいた少し年上の男の子だ。キッズルーム専用出入口からシンが入ってきて、水鉄砲だけ持ってさっと出てゆく。サッシ戸が開いた一瞬、表の夏が一層まぶしくなる。ここからは見えない側にある、休憩室や箱詰め・検査室のはめ殺しの大窓からも、おそらく誰かしらがキッズルームの様子を見ているのだろう。子連れでもよいが、子供についての責任は親にあり、会社はできる限りサポートする立場にある。そうした趣旨の契約書に、久実もサインしたはずだ。

「正確には、六月二十六日からですね」

久実の記録が画面に表示された。「犬丸久実」「※旧姓　森野を使用」とある。

画面を下へスクロールしてほしいが、それ以上動かす気配はない。しかたなく、一ノ瀬は梅園管理責任者の齋藤睦、むっちゃんの携帯電話を短く鳴らす。現在、久実をどこかで引き止めて雑談中のはずだ。

段取りどおり、間もなく内線が鳴り、電話口で人事担当が齋藤睦と話し始め、いったん保留にして書類棚へと歩いて行った。

一ノ瀬は、そっとキーボードに手を伸ばし、画面をスクロールする。「原因は夫のギャンブル」「自分の預金まで勝手に遣われ」「離婚を申し入れるとストーカー化」といった久実の面接記録に目を奪われているうちに、パタンとノートパソコンが閉じられた。

ノートパソコンの蓋を閉めた人事担当が、何食わぬ顔で自分の席に座り、淡いピンク色の縁の老眼鏡をグレーのショートヘアに載せる。

終業の長いチャイムが響き始めた。一ノ瀬は机に片手をついたまま動けなかった。

一ノ瀬の鼻先に迫り、人事担当がささやく。

「ここで何でも話せるのは、限られた人間しか記録を見ないからなの」

ファイルや卓上書類ラックの向こうの机で、もう一人の社員が動き出した。彼はこちらのやりとりに気づかず、帰り支度を始めている。

「どうしたの、知り合い?」

人事担当の小声には、配慮が感じられた。

「心配はいいけど、あんまり職場で目立ちたくないと思うわよ、彼女」

あなたは経営者一族でしょ、特定の人をかまうとかまわれた人が浮いて迷惑するの。言外に、そうした響きがある。

皺に囲まれた温和で冷静な目に負け、一ノ瀬は姿勢を正した。個人的な関係があると見透かされている。だが、かつて付き合っていたなどと話すわけにもいかない。

「すみません。失礼します」

終業のチャイムが鳴り終わり、一ノ瀬は部屋を出た。


外はこれからもう一日ありそうなほど明るく、幹線道路は混雑していた。道沿いのドラッグストアやスーパーに出入りする車が多く、昼間の倍の時間がかかる。

長い信号につかまった一ノ瀬は、企画室に直帰すると連絡し、それからむっちゃんへ電話した。

「さっきはありがとう。久実と知り合いだって見透かされた」

コンソールトレイに置いてある、スピーカー状態のスマートフォンから笑いが漏れる。

「一ノ瀬さんは帰りましたけど続けます？　こっちも、ずばり言われてまいったよ。まあ、いい。一ノ瀬家の三男と知り合いだとわかれば、久実さんを厚遇しても、冷遇はできない」

一ノ瀬は、苦笑する。

「それで、何かわかったかい」

「まあね、多少」

「そうか。お疲れさん」

深くは訊かないむっちゃんにもう一度礼を言い、電話を切った。

梅園事務所で久実に渡した現金二十万円は突き返されてしまい、自宅から運んできた松本家具ふうの丸テーブルと椅子二脚――貸家に元々あったものだ――もこのランドクルーザーから下ろす機会はなかった。それを、むっちゃんも知っている。

――逆の立場なら、受け取れる？

久実のあの穏やかな表情が、かえって深刻だという気がした。混乱したり感情的になったりした時期はとうに過ぎ、陥った状況を受け入れるしかない、そういう段階にいるとしか思えない。

「まったく……」

パソコン画面の「原因は夫のギャンブル」「自分の預金まで勝手に遣われ」「離婚を申し入れるとストーカー化」といった無機質な文字が、一ノ瀬の頭にこびりついていた。

むちっとして大柄な犬丸の、人のよさそうな笑顔が浮かぶ。ネット上にアップされていた写真だ。ウェディングドレス姿の久実につるんとした頬を寄せ、幸せそうに微笑んでいた。久実が選んだ家庭的な男。そう思った自分に舌打ちする。

一ノ瀬は中心市街地方面へ向かう渋滞にしびれを切らし、丘陵の麓《ふもと》沿いを行く脇道へそれた。さらに、青い橋の袂《たもと》から河原へ乗り入れる。暑すぎるのだろう。人も、鳥もいない。

ランドクルーザーを降り、下流からの熱い風に吹かれる。ワイシャツのボタンをもう一つ外し、裾を出す。河原の砂利、対岸に施された護岸工事のコンクリートも西日を反射して熱いが、水際で緑が多いぶんましだ。砂地から頭を出している岩に腰かけ、上流方向へ足を投げ出す。

大水は見えなかったものまで掘り起こし、運ぶ。この岩も、もとは山にあったのかもしれなかった。Ｖ字谷の濁流に近づけば、見えない大岩が川底を転がる音が、ゴゴーン、ゴゴーン、と不気味に聞こえる。人間などひとたまりもない。

　この先はやばそうだな。

　一ノ瀬は、自分のその手の直感を信じている。が、口をへの字に曲げ、ズボンのポケットからスマートフォンを出した。最近の通話履歴から、辺見探偵社の辺見を選択する。

「先日はごちそうさまでした」

　おう、と辺見が応じる。機嫌がいい。

「仕事、頼めますか」

　一拍、間が空いた。断れる話か、と問われ、いいえ、と返す。遠藤も絡む、かつての大きな貸しがある。だから、仕事は無料《ただ》で引き受けてもらう。そこまで念を押さずとも、向こうもわかっている。

「なら、訊くな。何だ」

「市役所勤務の犬丸の、身辺調査をお願いします」

「なぜ」

　一ノ瀬は簡潔に理由を伝え、おれが動くと久実の居場所がばれる、と付け足した。

「ストーカー化？　女房の金まで遣い込んで、いいご身分だな。で、調べてどうする」

「調査結果を見てから考えますよ」

　難儀な話だなと言わんばかりに、ため息が返ってきた。

「下の名前は」

好広《よしひろ》だと教え、加えて犬丸の住所も伝える。結婚した久実が、犬丸の両親とともに暮らしていた場所だ。二世帯住宅で、隣には姉夫婦とその子供がいる。

「即答か。未練たらたらかい」

馬鹿らしくて、一ノ瀬は答える気もしない。未練たらたらだったのは自分のほうだろう、という心の声が聞こえたのか、辺見が自ら遠藤の名を出した。

「先月子供と三人で会った時に、彼女から離婚してよかったと言われてほっとしたとさ。好きな人がいる、別れてほしい、と言われた時以上に」

「晴れて自由の身ですか」

「あいつだって、ろくでなしの自覚はあるさ」

辺見が、かばうかのように応じる。

一ノ瀬は、遠藤を非難する気などさらさらなかった。遠藤の妻は、なぜ彼が結婚し、子をもうけ、離婚をすんなり承諾したのか、本当に知らないのだろうか。そう思っただけだ。端からうまくいかない結婚も、そこに生まれ落ちる子も、めずらしくはない。成功や幸せを願うのは、あまりにそれ以外が多いからだ。

パパァーンと派手なクラクションが鳴り響く。対岸の上の国道を急ぐ大型トラックだ。

「外か」

「香良須《からす》川。暑くてとけそうですよ」

「恋しいのは山だろう。なんでそんな場所にいる」

「なんででしょうね」

上流の河川敷ゴルフ場の辺りには落合があり、その手前には、こちらの青い橋より長いグレーの橋がある。

そこに目を置いていると、川上の岸辺に、白髪の小柄な着物姿が点のように浮かんでくる。日課で紅雲町を歩いては、あの辺りで丘陵の観音に手を合わせていたというが、いったい何を願っていたのか。

今、丘陵の観音を見上げたところで返事はない。脇から見ると身体のＳ字ラインがきれいな観音像は、人のうごめく街をただ黙って見下ろしている。

「何かわかったら連絡する」

「お願いします」

一ノ瀬は水際を離れ、ランドクルーザーに乗り込む。

そのあと十分としないうちに、小蔵屋の店舗で冷たいカフェモカを口にしていた。

瓦屋根、白い漆喰壁、高い天井に古材の太い梁や柱。

そうした店構えはまったく同じだが、看板は『カフェミトモ』に変わっていた。コーヒー豆も販売するカフェだ。三和土には焙煎機――玩具サイズの本式な機関車と、煙突付きの石油ストーブを合体させたような――が置かれ、かつて和食器売り場だった場所にはテーブルがいくつかある。数組いる客は静かだ。全員、スマートフォンに目を落としている。

店舗を貸したのか、売ったのか、一ノ瀬は知らなかった。カフェに変わったことは朔太郎経由で耳にしていたものの、この辺りへ来たのは久し振りだった。

水滴を無数につけたグラスから太いストローを引き抜き、上の生クリームをすくって口に運ぶ。黒光りする一枚板のカウンターが、その様子をぼんやりと映していた。小蔵屋の時代からこうだった。顔を上げれば杉浦草がいる、そんな気分になってくる。

実際に顔を上げると、茶色いユニホームの従業員が、シルバーで統一されたエスプレッソマシンにコーヒーの粉をセットしていた。

左の壁には、カフェの案内板がかかっており、母体はコーヒー豆の輸入販売会社『ミトモ珈琲商会』であり、本社は横浜にあることなどが書かれていた。

そこから何の気なしにさらに左へ目を移すと、釘跡に目がとまった。

漆喰壁に横にわたる古材の木部の、ぽつっとした小さなそれに、一ノ瀬は覚えがあった。昔小蔵屋で開催された小規模な写真展のあと、一ノ瀬自身が補修した。開店前の、早い時間だった。ボンドを使って楊枝を埋め込み、ヤスリと同色の塗装で目立たなく仕上げた。脚立の脇から見上げていた杉浦草の姿がおぼろげに浮かぶ。

見る角度を変えると消えたり浮いたりする釘跡が、一ノ瀬をあの頃に誘《いざな》う。

一体、どうして久実と別れるはめになったのか。

一ノ瀬はそれをたどろうとすると、戻る道を阻む壁のように、三・一一東日本大震災に突き当たる。二〇一一年、震度五強のあとの、棚のガラスが割れ、物が散乱したマンションの光景だ。仕事から帰ったのは深夜だった。とっくに別れていたから、当然、そこに久実はいない。

東日本大震災の余震と計画停電の時期には、不要な古い携帯電話もライトがわりになり、登山用の心身と装備が何かと役立った。メルトダウンした福島原発により、関東の街や野山も見えない放射性物質を大量に被った。年間追加被曝線量は一ミリシーベルトから、緊急時の二十ミリシーベルトに引き上げられ、しかし、それが安全と危険の境を示すわけでもない。さらに、食品に含まれる放射性物質の上限も引き上げられてゆく。一ノ瀬食品工業でも、梅園や加工食品の放射性物質を看過できなくなり、チェルノブイリ原発事故その他の海外データまでかき集め、対応に明け暮れた。

原発事故で放出された放射性物質の半減期はおよそ、セシウム一三四が二年、セシウム一三七が三十年、プルトニウム二三九は二万四千年とされる。「安全」だったはずの原発によって、危険な日々を手さぐりで生きなければならない状態に陥ったのだ。だが、そうした体験や事実ですら、一万五千人超の死者を出した津波と、原子力史上最悪レベルの事故を起こした原発自体の凄まじさが覆ってしまう。

停電時にはエアコンが使えず、三月でまだ十度前後の日も多かっただろうに、今となっては寒がっていた社員を見た覚えすらない。瑣末なことは、どんどん記憶から脱落する。

久実はどうしているだろう。震災当時、そんなふうに考えただろうか。

別れる前の年末あたりから、二人の関係はぎくしゃくしていた。

あの震災の混乱という壁の向こうの、別れた頃は、どうも靄の中だ。脳震盪《のうしんとう》を起こしてさまよった山を思い出すのに似ていた。記憶が断片的で、時系列にうまく並ばない。

たとえば、靄の中から現れるのは、イライラを爆発させた久実の顔。

いつだかはっきりしないが、久実が荷物をまとめて完全にマンションを出ていく以前だというのはわかる。真っ青になり、赤い目に涙を浮かべていた。

仕事帰りに一人で遅い晩飯をとった居酒屋で、泥酔した辺見と出くわした夜だった。あれを思い起こすと、辺見さんよぉ、と一ノ瀬は頭を抱えたくなる。

当時、辺見は別れた恋人遠藤のことを引きずり、深酒を重ねていた。見れば介抱しないわけにもいかない。そこへ飲み会の流れでやって来た久実と友人らに鉢合わせした。久実はきつく眉根を寄せた。飲み会の誘いを忙しいからって断っておいて、何やってるの。そういう顔だ。まるで久実より辺見を優先したかのようになってしまい、帰宅後、大喧嘩になった。

つのらせた苛立ちを爆発させる久実に対し、一ノ瀬は事情を説明する気にもなれなかった。結婚をめぐる、自分の家族との刺々しいやりとりにも疲れていた。実際、仕事も睡眠時間を削る忙しさだった。梅園事務所での小火騒ぎ以降、社内の風向きが変わったのだ。以前から提案していた、会社の足腰を強化する計画が、家族以外の上層部数名の後押しを得られるようになっていた。

だから、あれは別れる前の年末なんだよな……。

こう頭をめぐらすと浮かぶ問いに、うんとか、違うとか、答えられるのは久実だけだ。

想像上の久実が、子供のように澄んだ瞳を向けてくる。

その瞳が訴える。約束していたのに、梅園の小火騒ぎで、山の家のバーベキューにも来なかった。大勢で行った、玉原《たんばら》スキー場と温泉の旅行にも公介は参加しなかったよね。それから、公介の実家へご挨拶に行ったけど、あの夕食は最悪……もういい、やめとく。

確かに、実家での夕食はひどいものだった。

母はいつもの調子で他の良家の子女を誉め、暗に久実をけなした。久実の平凡な出自も、乗り越えた事件も気に入らなかったのだ。兄らは、結婚前から会社を手伝えと要求した。とはいえ、一ノ瀬としては予想の範囲内だった。子供のうちは家業に入るまで好きなことをすると割り切り、弟を亡くしてからは少々抵抗し、以降は母親と兄らは別の種類の人間なのだと思うようになった。相手にするな。言語は同じでも通じない。そう久実に言ってやればよかったのだろうか。

久実がいなくなってからのマンションは、無駄に広く、なんだかすっきりしていた。正直なところ、一人が心地よかった面がある。離れていくならしかたがないとも思った。そもそも、感情的なやりとりは苦手だ。

そのくせ、久実の残していった甘い香りのボディーソープを使ってみたり、アウトドアスタイルの子連れ夫婦を目で追ったり。そんな自分にあきれもした。クズだな、という罵《のの》しりが口をついた。久実といるなら、変わる必要があるのは自分だろうとわかってもいた。

だから、電話をかけた。メッセージも送った。だが、応答はなく、返信もなかった。

一度は、街中《まちなか》で見かけ、話そうと試みた。アイリッシュパブの窓の向こうに、仲間たちと飲む久実の横顔があった。その店の前で電話していた犬丸に頼み、外へ呼び出してもらったが、久実は犬丸の隣から動かず、通りに目さえくれなかった。

結局のところ、何もかもが過去の話。靄の中だ。

――逆の立場なら、受け取れる？

梅園事務所の久実が目に浮かぶ。

「受け取るさ。大雅のために」

独り言が口をついた。一ノ瀬は、カウンターの向こうの店員と目が合い、席を立った。

その晩遅く、梅園の社宅へ行った。

A棟二階角部屋のドア脇へテーブルと椅子二脚を運び、ドアの郵便受けに現金の入った封筒を落とし込んでから、ドアホンを鳴らした。封筒には「逆の立場なら、大雅のために受け取る」と書いておいた。久実に会う気はなかった。

ドアの開く音を聞いたのは、階段を下りきってからだった。


週明け、会議から戻った企画室長が一ノ瀬を呼んだ。

打合せ中のテーブルを離れて机脇に立った一ノ瀬に、経営の多角化に関する資料を見せ、タイトルを指し示す。

「社長がご立腹よ。この資料を作成した人間が、タニガワスポーツとの縁談を蹴ったと」

「経営会議中にですか」

「ええ」

きれいに描かれた細眉が、気の毒なものでも見るかのように八の字になる。これで、あの縁談を断った件が社内に知れ渡ってしまったわけだ。

でもね、と室長の話が続く。

「これは個人的に社長から伺ったのだけど、ご趣味はお料理とトレッキングだそうね。いいお話だと思いましたよ、私も」

会社のために結婚しろと、という言葉を一ノ瀬は呑み込む。

「社長は、こうもおっしゃった。いつまでもああじゃ、死んでしまう」

すでに、隅のテーブルの同僚たちも打合せを中断して聞いている。

一ノ瀬は穏やかにうなずき、あとで社長と話します、と微笑んだ。

社長室を訪ねたのは、五時半を回ってからになった。

社長が弟の顔を見るなり、立って上着を羽織り、太鼓腹の上でボタンを留めた。

「何だ。これからホテルで会合があって、忙しい」

国政報告会だと話が続き、与党の代議士の名が出る。

銀縁眼鏡をかけ直す社長に、一ノ瀬は冷やかな視線を送った。

「からめ手や、見せかけの人情を使っても、結論は変わらない。谷川さんとは結婚しない」

「経営のさらなる多角化が必要。こう資料に書いたのは誰だ」

「病害虫その他で梅園を失っても生き残るために、機械製造や食品研究開発のノウハウを生かした多角化を図っておく。そういう内容だ。社員の間から生まれた、まっとうな意見だ。現場にはアイディアがある。今タニガワスポーツが好調だからと、むやみに手を広げれば、将来のリスクを高める。わからないのか」

誰にものを言ってる、と社長が一ノ瀬に詰め寄った。

よく言うよ、平社員の私事を経営会議でばらすなんてトップのすることじゃないだろう、と思っても、一ノ瀬はそれをため息に変えた。

「公介、おまえの理屈はいい。谷川家の人脈と財産が、うちを強くする。簡単な話だ」

一ノ瀬は肩をそびやかし、その濁った目を見下ろした。

「山で死ぬ前にさっさと結婚しろ、か」

「そういうことだ。どうせ山で死ぬなら、我が家の役に立て」

長兄の本音が、弟の死に顔を彷彿とさせる。誰も死にそうにない沢で、打ち所が悪くて死んだ顔だ。安らかだった。あと一時間、もう一呼吸、生き抜くためには他の道が必要だったんだよ。眠ったみたいな表情がそう語っていた。幼い頃から兄弟四人、家業に就くと決められていた。学校すら苦手な弟には、とうてい無理な道だった。

「会議で、その本音を言ったらどうだ」

「木曜の晩を空けておけ。谷川さんと食事をする。先達ての非礼を詫びて、仕切り直しだ。彼女に二度と恥をかかすな」

最後の部分を、社長の私に、と修正して、一ノ瀬は聞いておく。

企画室に戻り、他部署の社員との打合せという残業に追われながら、頭のどこかで、野山を走る感覚を思い返している。緑や土のたまらない香り、蹴散らす落ち葉やトレイルランニングシューズの下で弾ける小枝の感触。細胞の一つ一つにしみ込んでいるそれらは、やがて大きくふくらみ、一ノ瀬を誘い出さずにはおかない。

帰国して一週間余り、身体の復調を感じた一ノ瀬は、半分程度に落としていたザックの重さを三十キロに戻して、藍色の夜明け前を走り出す。

大型ショッピングセンターにそう遠くない借家は、周辺が里山の風景だ。

家の前方は田畑、裏手はまだ手入れをする人がいる杉林や、幾つもの小山がある。それらの低い山は、広く襞《ひだ》のような地形を形成しており、多彩な表情を持つ。

ザックの熊鈴と、スマートフォンが鳴っている。この頃は、レディオヘッドのライブの『Creep（クリープ）』で土蔵の裏手へ走り出し、別の歌手たちがカバーするその曲を延々聞き続ける。変人だと自覚するやつがスペシャルな娘に恋する歌だが、気楽に走れるテンポで明るく、同じ曲とは思えないようなアレンジまであって面白い。

辺りが徐々に明るくなってくる。

赤松、樫、欅《けやき》、山桜、栃など多種多様な樹木に覆われた小さな起伏を越えては下り、アップダウンを繰り返す。開けた草地、雨後だけ水のある沢を横切る。人のつけた道もあれば、自分でつけた道、初めて足を踏み入れてみる斜面もある。地形、植生、空などで立体的に居場所を捉える。

幹の間に見える東のわずかな空が、赤く染まり始める。顎先から、肘から、汗が滴る。

欅の根が浮き上がり、石がごろつく上りでは、安定している足場を瞬時に見極め、階段を行くように駆け上がる。ここでもたつくのは、調子の悪い証拠。だが、今日は大丈夫だ。清水が湧き、一度雪が積もれば最後まで消えない日陰の岩場には、この辺りではめずらしく山葵《やまわさび》がこぢんまり茂る。水に輝くハート形の葉を横目に通りすぎ、喉の渇きを覚え、ステンレスボトルの水を呷《あお》る。群がる羽虫を払いのける。バラバラになった甲虫を飛び越える。やかましく鳴いて頭上の枝を揺らしたのは、飛び立ったホオジロだ。ホオジロは一筆啓上仕り候と鳴くんだ、と山を教えてくれた恩師が言ったものだった。とてもそうは聞こえませんよ。一ノ瀬はあの世の恩師に向けて心の中で言い、にやりとする。生まれ、死にゆく、命の気配はそこここにある。

呑気なサックスに蟬の声が重なる頃、標高二七三メートルの低い山に立ち、戦国時代の平山城《ひらやまじろ》の跡を見上げる。田畑に囲まれた、白い巨大な箱のようなショッピングセンターの方へ目をやる。もう太陽は上りきっている。吸水速乾性のはずのTシャツが、汗で冷たい。

ショルダーハーネスに付けてあるスマートフォンが短く鳴った。

久賀からのメッセージだった。左足首はもう一度手術を要するが、パキスタンでの見立てどおり三か月で完治の見込みだと伝えてきた。よかった、安心した、と返信する。返信が早いですね、と久賀が喜んで電話をかけてきて、走ってるんですか、何聴いているんですか、と矢継ぎ早にたずねる。答えてから少しして、電話の向こうでもレディオヘッドの『Creep』がかかった。

「かなりイタイ歌ですねえ」

「そうか？　懐かしめの青春映画みたいなもんだろ」

「これで走れます？」

える。

「もう折り返してる」

一ノ瀬は久賀の感心したような唸りを聞き、お大事に、松葉杖で鍛えなよ、と笑って電話を終える。

せめてこれくらいは、と思い、髪を手櫛でとかし、濃紺の上着から覗く水色のワイシャツの襟を整える。駅周辺のビルやデパートをつなぐ空中歩道から高架を見上げると、東京方面からライトを付けた新幹線が駅に入ってくるところだった。駅ビルを背に丘陵方向へ目をやれば、広いバス通りの先が高層の市庁舎だ。あの十三階に、久実の夫の犬丸好広が勤務している。暮れかけた街をわたる風はまだ熱い。

タニガワスポーツの娘を招いた夕食は、駅前のイタリアンだ。

一ノ瀬は大手建設会社やホテルの入っているビルへ向かい、二面がガラス張りでかっちりとしたつくりの店へ入った。テーブルは会社帰りの客が多く、楽しげな会話とうまそうなにおいにあふれている。

よう、きれいなカッコしちゃって、と髭面のオーナーが満面の笑みで寄ってくる。このくつろいだ雰囲気の源だ。まだ裏通りにあった頃のこの店で、一ノ瀬はアルバイトをしたものだった。当時の店舗は、鰻の寝床みたいに細長かった。

「今夜は客ですから。頼みますよ」

「落ち着けるテーブルへ、ご案内いたします」

慇懃《いんぎん》に両手で奥へと案内するオーナーが、とうとう身を固めるか、と冗談を飛ばす。

「勘弁してください」

「まあ、昔から公介はそうだよな。誰かのものにはならない」

「ものってね、おれは人間ですって」

案内されたのは、衝立のような壁に囲われた奥のコーナーだ。

ガッシャブルムI峰の登頂祝いにワインを一本つけてくれるというオーナーに対し、一ノ瀬は礼を述べ、今夜は長兄が払うからそれも倍の値段で請求して平気だと返しておく。オーナーからも、帰国前に登頂祝いのメッセージが届いていた。

社長が連れてきた谷川を、一ノ瀬はテーブルで迎えた。立ち上がってお辞儀する。

「こんばんは。先日は失礼いたしました」

短い髪の耳の辺りに触れた彼女は、ただ微笑む。

彼女のために、一ノ瀬は向かいにまわって椅子を引いた。

谷川の雰囲気が、この間とは違っていた。茶色い縁の大きな眼鏡をかけ、青いサマーニットと黒と青のチェックのプリーツスカートという恰好で、上半身はトレーニングスタジオのユニホーム姿を連想させた。引き締まった足首に、長い紐を巻き付ける黒いレースアップサンダルがよく似合っている。

自分の席に戻った一ノ瀬に、社長が機嫌のいい顔を向けてくる。

「千春《ちはる》さんも、このお店が大好きで、よくいらっしゃるそうだ」

その顔が今度は谷川へ向き、銀縁の眼鏡を光らせる。

「食に関しては、公介も多少のセンスがありまして。料理もします。もちろん、千春さんの足元にも及ばないでしょうが」

だろ、と社長が笑顔で弟に同意を促す。

一ノ瀬は口角を引き上げる。家族に、料理をするなどと話した覚えはなかった。どこかのインタビュー記事でも読んだのだろう。弟が勝手にホテルのフレンチからここへ店を変更した、そう秘書から聞いてかけてきた小一時間前の電話の怒声が嘘のようだ。

社長が、自分の前の空き席に、やっと目を向けた。

「少し広すぎやしないかな」

八人用テーブルの、窓辺の作り付けベンチシートは一ノ瀬が座っているのみだ。

ドアのない戸口に、スーツ姿の男女が現れた。一ノ瀬は手を挙げ、こちらへと促す。彼らはそれぞれ、機械製造部と食品研究開発部の優秀な中堅どころだ。今後の多角化について具体的なアイディアを持っている。

何だこいつらはと視線のみで訴える社長に、一ノ瀬は笑みを返し、そのまま谷川へ顔を向けた。

「すみません。社長が、谷川さんとのお約束がありながら、社員のアイディアを直接聞くという予定もうっかり入れておりまして。歳ですね。お許しください」

否定しかけた社長を制したのは、谷川のすっかり感心したような表情だった。

「社長さんが直接。素晴らしいですね。私は全然かまいません、どうぞ、どうぞ」

一ノ瀬は、申し訳ありません、と谷川に頭を下げ、そちらはそちらでどうぞ、と社員二人をベンチシートの空き席へ座らせた。

谷川が彼らに、がんばってくださぃ、と明るくエールを送る。

社長によって、縁談の経緯を社内にばらされてしまった。それを利用した一ノ瀬のこの計画に、反対する者はいなかった。知らされていなかったのは、社長だけだ。ここのオーナーにさえ、見合い相手を含む五人の集まりであることは伝えてある。

オーナーが約束どおり、お祝いのサービスだと言ってスプマンテを注いで回る。細めのグラスに、きめ細かな美しい気泡が筋をなして生まれる。はめられて怒り心頭だが谷川をもてなさなければならない社長が発声し、乾杯となった。女性二人が、おいしい、とうれしそうに声を合わせ、顔を見合わせる。スプマンテの蜂蜜に似た色、洋梨ふうの華やかな香りがいいと、谷川が声にして喜ぶ。

おまかせで、生ハムやチーズ、焼き野菜といったものが大皿で運ばれ始めた。

谷川と一ノ瀬用、他の三人用と、二つの大皿が用意されていて、まるで別々のテーブルのようになって料理を適当に分けあう。予約時に頼んだとおりだ。

間もなく二本目のワインが抜かれた。社長が社員からの提案を聞きつつ、飲まなければやっていられないとばかりに、蒸留酒のグラッパを注文する。

それを横目に、一ノ瀬はそっと谷川に語りかけた。

「まさか、来てくださるとは」

トレーニングスタジオへ電話した当初は、彼女に来てもらうつもりなど毛頭なかった。彼女の代わりに二名の社員がやって来る、そういう計画だった。

谷川は大振りの眼鏡の奥で、目を丸くした。

「来ますよ。食いしん坊ですもの。それに、振られたって、いい顔したい。何のお仕事かは知りませんけど、今、私は役に立っているわけでしょう?」

あまりに率直で、一ノ瀬は噴き出してしまった。打合せ中の社長と目が合う。長兄の気分が上向くのが、手に取るようにわかる。昔から、自分の思うとおりに事が運びさえすれば機嫌がよかった。

「あっ、笑った。笑顔になってもらえるとうれしいです」

そういう谷川も笑みを浮かべる。

隣に聞かせるわけにはいかないので、一ノ瀬は身を乗りだした。

「しかし、ずうずうしく私のほうから縁談を断ったと、社内に知れ渡ってしまったわけで」

「しかたないですね、言ってしまったものは。だから、こうしてやり返してる」

ちらっと鋭い視線を社長へ送る谷川に、またも笑わされる。

社長はといえば、しかたなく社員の話に付き合っている態《てい》だ。

もうなしなし、と谷川が両手をひらひらさせて、縁談の悲惨な顚末を追い払う。少し酔ったのか、顔がほんのり赤い。

「この暑さでも、外を走ります?」

一ノ瀬はうなずく。彼女の水用のグラスに、水差しからたっぷり氷水を注ぎ足す。

するとどの辺りを走るんですか、走りながら音楽を聴いたりしますか、と彼女がいろいろ質問を投げかけてくる。普段走るエリアを聞けば、あー遠い、とがっくり肩を落とし、音楽を今は聴くかな、聴かない時も多いけど、と知れば、どんな曲か聴かせてほしいとせがむ。スマートフォンで音量を絞ったレディオヘッドのライブの『Creep』に耳を傾け、細かく何度もうなずき、口を尖らす。

「意外。かなり哀しい詞ですね」

「むかし流行った歌です。ずっと愛されていて、カバーする歌手が多い。その大半が妙に明るいし、レゲエやボサノバ調の面白いアレンジもあってね。そういうのをずっと聴き続けるんです」

彼女が唇に人差し指の先を当て、黙り込んだ。何を考えているのか、瞳がここにない何かを見つめ、すうっと横へ動く。

「一ノ瀬さん、これで走れます?」

「同じことを、山の仲間から言われたばかりです」

「あっ、久賀さんですか」

どうしてわかるんだと思って身を引いた一ノ瀬に、一ノ瀬マニアですもの、と彼女は返してひるまない。自分のスマートフォンをブランド物の籠バッグから出し、ささっと操作して久賀のブログを見せる。

「久賀さんご夫婦は、顔というか、表情が似ていますよね。仲がいい証拠かしら。ほら、うちの両親も」

そう言った時、すでに谷川は両親の画像をスマートフォンに表示していた。本当だ、よく似ていらっしゃる、と同意する一ノ瀬へ、さらに家族の画像を見せる。これが弟のケイシュン、こっちが妹のハルセ、家族でゴルフに行った日です、と続ける。

「ご家族全員が、なんだかそっくりですよ」

「そうでしょ。別に私は、突然変異で超美人に生まれてもよかったけれど」

谷川が残念そうに眉を下げて、肩をすぼめる。

「そしたら、振られなかったかも」

「まいったな」

一ノ瀬は赤ワインのボトルを追加し、運ばれてきたばかりの料理を取り分ける。ローズマリーと、イタリアの岩塩が添えられた、そぎ切りのステーキと山のような皮つきフライドポテトだ。

「これ、おいしいですよね。大好き」

「よかった。いっぱい食べてください」

十歳近く年上の山男に夢中だという気持ちが、一ノ瀬はわからなかった。

めまぐるしく変わる谷川の表情を前に、家族はこの人がかわいくてしかたがないだろう、と思う。もちろん、彼女を傷つけた一ノ瀬食品工業と一ノ瀬家を忘れないはずだ。

社長が、飲みかけのワインやグラッパのグラスを遠ざけ、資料をめくり始めていた。聞く耳を持ったらしい。

熱心に説明する社員の向こうから、もう一人の社員が一ノ瀬に目配せする。アイラインをくっきり引いたその目が、ほらねと言っている。社長が怒りだす可能性もあると一ノ瀬が言った時、大丈夫、チャンスを無駄にはしない、と彼女は強気だった。自分たちを首にでもしようものなら、困るのは一ノ瀬食品工業のほうだと知っている。東京に近い場所でのんびり暮らしたい、趣味のパラグライダーや山歩きを気軽に楽しみたい、そんな自分らしい人生を優先して会社を決め、移り住んだ彼らだった。

「あちらのお二人と仲よしなんですか」

「仕事上の付き合いです。ただ、仕事は人生の一部、他にしたいことがあるという点で話が合いますね」

一ノ瀬は、感心して谷川を眺めた。

「谷川さんは、インタビュアーに向いていますよ。話を聞くのがお上手だ。たずねられたら、何でも話してしまいそうです」

転職しようかな、と谷川が笑わせる。口紅の控えめなローズピンクは、マニキュアと同系色で、どちらも濡れたような艶を放つ。

「それ、ブロードピークでしたっけ」

ローズピンクの指先が、一ノ瀬の左手を指し示す。左手の小指は、凍傷のため少々短くなり、爪も変形している。

「ええ。別に何ともないですよ」

実のところ登攀のために戻せるものなら元に戻したいが、一ノ瀬は口にしない。

彼女が赤ワインをごくごくと飲んでから、一ノ瀬の目を見据えた。

「私なら生涯、一ノ瀬さんが山へ行くのを止めたりしません」

一ノ瀬は、真剣な小声に返す言葉がなかった。後ろめたくさえあった。

生ハムやそぎ切りのステーキを見れば久実に届けたいと思い、谷川家の家族写真には久実の両親や兄夫婦の姿を重ねていた。今この瞬間も、おかっぱ頭の大雅を膝に預かり、向かいに座らせた久実に思う存分飲んだり食べたりさせたかった。久実のあの中途半端な部屋、スカスカの冷蔵庫、少し細くなったように見えた後ろ首が忘れられない。

やがて、谷川が微笑んだ。だが、眼鏡の奥の目には、うっすら涙が浮かんでいる。

「電話番号、交換しましょうよ。友だちとして」

躊躇する一ノ瀬に、彼女はさらに微笑む。彼女の涙がふくらむ。

「ワインの力で、今夜は何でも言えちゃう」

一ノ瀬はスマートフォンを手に取り、携帯電話番号の交換に応じた。彼女が眼鏡をかけ直しながら涙を拭ったのは、見なかったことにする。

店のどこかで、歓声と拍手が沸き起こった。

この夜、社長がどんなに、千春さん、公介、と言おうとも、最後まで二人は名字で呼びあった。

夜遅くに社宅の久実の部屋でドアホンを押してから、一週間が過ぎた。だが、やはり久実からは何の連絡もない。

十一時過ぎ、企画室の電話が鳴り、一ノ瀬よりも先に同僚が取った。

「一ノ瀬さん、梅園事務所の齋藤睦さんからです。パソコンが動かなくて、操作を教えてほしいそうで」

電話を替わった一ノ瀬は、口頭でいくつか操作方法を伝えたが、埒《らち》が明かないな、と席を立った。

「梅園に行ってきます。このデータは向こうでまとめてきますから」

「すみません、一時半までにデータもらえます？」

「了解。遅くなるようなら、梅園から送信します」

ノートパソコンを持って、一ノ瀬はランドクルーザーに乗り込んだ。国道へと案内するカーナビを無視して、今日は信号の少ない脇道を選ぶ。走らせながら車内の熱気を追い出したところで、むっちゃんの携帯電話へかけ直した。スピーカー状態にしたスマートフォンをコンソールトレイに置く。窓を閉めた車に、エアコンの冷気が広がる。

「ありがとう。行きたかったんだ。助かった」

「こっちは、いつでもよかったんだが。口実がないと、様子を見に来る間もないほど忙しいのか」

久実の名前をむっちゃんも出さない。夜また社宅へ行くのもどうか、ドアを開けてくれるとは限らないと思えば、一ノ瀬としては昼間さりげなく久実に会うより方法がなかった。

「実は、忙しいのはいい話なんだ。多角化の件について、機械製造部と食品研究開発部が本腰を入れ始めた」

「多角化？」

「防災備蓄、医療介護を主眼においた食品分野への進出。これまでのノウハウを生かして、アウトドアや普段にも使える商品を目指す」

ほう、というむっちゃんの明るい返事が、一ノ瀬を饒舌《じょうぜつ》にする。

何らかの原因で梅園を失った場合、どうするか。梅園の再生を図ろうにも、自然相手では数年から十年の時間がかかり、他府県で広がったようなウィルスが原因なら再発もあり得る。ならば、その事態に耐えられるだけの体力を、予め他でつけておく必要があった。ここ何年も、一ノ瀬はこのベテランの梅園管理責任者と、そうしたことについて考え続けていた。

「誰も彼も、社長が乗り気のうちに進めたほうがいいからって。正解だよ。社長の気分は、山の天気並みに変わりやすい」

「公介、また何か仕掛けたか」

まばたきの瞬間、谷川千春の真顔がよぎる。

――私なら生涯、一ノ瀬さんが山へ行くのを止めたりしません。

ほめられるようなことはしてない、と一ノ瀬は電話を終え、立体交差でアクセルを踏み込んだ。カーブを上がりきると、丘陵が右手に見えてくる。観音像は入道雲を背景に、今日も優美な立ち姿で街を見下ろしていた。犬丸の身辺調査を依頼してある辺見探偵社からは、まだ連絡がない。昨夜、進捗状況を知らせてほしいとメッセージを残したが、折り返しの電話もまだだった。

「まあ、それでも、ましなほうだ」

久実がよく梅加工工場に勤めてくれたものだと、一ノ瀬は思っていた。子供と住める職場が他になかったのだろう。

あそこなら手助けができる。犬丸の自宅は新幹線駅の向こう側で、勤務先はすぐそこの市庁舎だから、犬丸の生活圏からも外れている。ギャンブルに狂い、久実の預金まで遣い込み、離婚を切り出されてストーカー化したという犬丸も、まさか一ノ瀬食品工業で久実が働きだしたとは想像もしないはずだ。

「何のおかげか……」

立体交差を下って国道に合流する。

やがて、観音像は視界から消えていった。

一ノ瀬が梅加工工場のキッズルームを表から覗いたのは、十二時半になってからだった。

すると、雲形の大きなテーブルで子供との食事を終えようとする母親たちの中から、久実が顔を上げた。サッシ越しに目が合う。一ノ瀬はそこから離れた。大雅がその前に、コースケが呼んでる、とそっと伝えたはずだ。梅園に着いた時、大雅を背負い、シンとカズキを両足にくっつけて、汗だくになって歩いた甲斐があったというものだ。背負った際、大雅が耳元でおかしなことを言った。

——お父さん、カットになっちゃったんだ。

給料を削られたのか、あるいは職を追われたのか。背中から下りたがらない大雅に、子供でもわかる言葉で問い直してみたが、首にからみついていた細い腕に力がこもっただけだった。

「カットか……」

道路際の木陰で待っていると、久実がキッズルームを出てきた。一人だ。今日は黒いすとんとしたワンピース、銀色のスニーカーを身につけている。

太陽はぎらつき、アスファルトは炙《あぶ》られ、蟬も黙り込む。

一ノ瀬は先に歩きだし、敷地外の雑木林に移動してあったランドクルーザーへ乗り込んだ。途中、数回振り返り、久実が六、七メートル後ろについてくるのを確かめた。

ドアが開き、車が揺れる。助手席に乗り込んだ久実が、フロアマットにつきそうな裾を引き上げ、きちんと座り直した。車内をざっと眺めた目が、車を替えてもまた中古のランクルなんだねと言っているようだった。

「えっと、あの……お礼も言わないで、ごめ――」

「コーヒーシェイク、買ってきた」

カップホルダーを見た久実が、おっ、と声を発した。それは喉の緩んだ、かつてよく聞いた声音だった。ファストフードのハンバーガーをあまり食べない二人だったが、暑い時期のシェイク、それも決まったハンバーガー店のものは好物だった。一ノ瀬は、にんまりしてしまう。さっき、自分の持っていた透明カップのバニラシェイクに、久実の目がいったのを見たのだった。いい徴候だと感じていた。もしかしたら、爪が変形して少々短くなった小指を気にしたのかもしれないが。

「ほら、早く。とけないうちに」

うん、いただきます、と久実が手に取り、ストローを口にする。子供のような横顔だ。虫口だ、と一ノ瀬が言うと、久実がストローをくわえたまま笑う。花の蜜に夢中な蝶や蜂をイメージした、かつてよく交わしたやりとりだった。

「おいしい。味、変わらない」

一ノ瀬は心の中で言う。おれのほうはあの店に時々行ってるよ。それは梅園事務所の冷蔵庫を借りてさ、今のいままでクーラーボックスに入れて運んできたんだぞ、と。

「ありがとう、いろいろ」

「できることはする。何でも言ってくれ」

一ノ瀬は前に目を移した。横顔に視線を感じる。

明るい雑木林の、土の坂道の上方には夏空があった。

「山のために節約してるのに、大丈夫？」

「大丈夫な分しか、出さないよ」

「ちゃんと利子付けて返すから」

返してもらうつもりなどなかったが、一ノ瀬は話に付き合う。

「じゃ、利子は龍清《りゅうせい》の焼豚」

そう言った途端、杉浦草の台所姿が浮かんだ。市内の赤坂町《あかさかちょう》にある龍清という中華料理店の焼豚を、草も好きだった。いつだったか、小蔵屋のあの縁側のある居間で食べた記憶がある。確か昼だ。庭が明るかった。

「なら、小籠包もつけるわ。って、あのお店、まだやってるの」

「やってるさ。今も食事時は行列だ」

覚悟していたような気まずさは、ほとんど感じなかった。むしろ、落ち着く。

一ノ瀬は後頭部で手を組み、シートにもたれかかった。こんな時だよな、と思う。予定に追われ、人にまみれた日常から、すっと抜け出したくなるのは。

――脱出するか。

――うん、脱出しよ。

脱出、が合い言葉だった。思い立てば、すぐ車を走らせる。こんな暑さの日には、赤城山の火口原湖の大沼《おおぬま》までハンドルを握り、空を映す冷たい湖水に足をつけたり、湖上の朱塗りの橋を渡って小鳥ヶ島の神社まで歩いたりした。外輪山を越えてくる雲と夕立も見た。浅間山にも行った。冬、雪の消えないうちにドライブし、軽井沢の白糸の滝まで歩いたこともある。幅七十メートルにわたって白糸を幾筋も垂らしたような滝と、その水音に包まれた。一部がつららになっていた。滝から目を離さず、久実が寒いと言って腕の中に入り込んできた。そんな時は、公介を着る、と言ったものだ。他には誰もいなかった。

コンソールトレイで、スマートフォンが短く鳴った。

伏せてあったそれを手に取ってみると、辺見からのメッセージだった。

《今夜、来れるか》

車のドアが開いた。

「時間だから、行くわ。ごちそうさま」

すっかり現実に引き戻された一ノ瀬は、久実と一緒に車を降りた。

コーヒーシェイクを持っていないほうの手で黒いワンピースの肩や腰の辺りを引っぱって整える様子を、少し遠くから眺める。その手に結婚指輪はない。鎖骨まで見える首元にも何もつけていない。

「工場の出入りのたびに着替えるわけか」

まあね、それも仕事のうち、と肩をすくめた久実が向こうへと歩きだした。ふいに足元に目をとめ、さっと何か拾う。拾ったのは、サンゴに似た赤い小枝だった。

遠ざかりながら、ありがとね、と久実が体をひねって振り向く。どういう姿勢をとってもバランスのいい、体幹のしっかりした彼女に、一ノ瀬は手を上げて応えた。

「電話とか、していいか」

木洩れ日の中、久実がうなずく。


話にならない調査結果だ、と辺見がソファから一ノ瀬を見上げた。

八時に訪ねるはずが、一ノ瀬は仕事で三時間近く遅れ、場所が辺見探偵事務所から辺見の自宅マンションに変わっていた。

「ギャンブルで職を追われ、借金の山ですか」

シャワーから出たばかりの辺見は、短パン姿でバスタオルをかぶったまま眉根を寄せる。

「全然違う。西方の峯だ」

一ノ瀬は、エメラルドグリーンのタイルの狭いキッチンにいる遠藤を見た。仕事帰りの恰好の遠藤も、辺見と似たような表情をしている。街中の城址に近いこのマンションで、一ノ瀬を出迎えたのは彼のほうだった。

西方の峯だ、と辺見が繰り返した。

「犬丸好広がはまったのは、カルト教団だよ」

一ノ瀬はダイニングテーブルの椅子に座り、遠藤から水を一杯もらう。喉に異物がつかえたような気分を、冷水で流し込む。

――お父さん、カットになっちゃったんだ。

「カルト、ってことか……」

こいつの頭はどうなってる、そんな表情の二人に、一ノ瀬は久実と再会してからの経緯、人事の面接記録、大雅の一言などについて話して聞かせた。

子供はまだ五つだぞ、と辺見が怒ったように言い、一ノ瀬は遠藤とため息をつく。

「久実も考えたんだと思います。カルト教団が別居の原因じゃ、会社もさすがに雇わないかもしれないと」

「だろうな。犬丸が追っかけてくるだけでなく、教団関係者が接触してきたに違いない。そうでなきゃ、実家か、友だちの家にいられたはずだ」

西方の峯について、いい歳の大人なら詳しく聞くまでもなかった。信者から多額の財産を奪い、家族とその周辺の人間関係まで崩壊させた事例は、以前から数多く報道され、裁判にもなっている。政治を支配してきた現与党の日本民自党は、その西方の峯と半世紀以上にわたって深い関係にあり、差別主義や人権無用論をともなう異様な右傾化を見せる近年、西方の峯に関する報道にすら圧力を加えてきた。それも周知の事実だ。自分に直接の利があれば、非道に対しても目をつむる。あるいは、自身の短期的な平穏のために、無知・無関心を決め込む。それがこの国の多くの有権者でもある。

ダイニングテーブルに、辺見が調査報告書を投げて寄越した。

一ノ瀬は、感情を押さえ込み、調査報告書に目を走らせた。一週間のうち五日も、西方の峯の支部に通っているとある。そのうちの四日間は、市役所の仕事を終えてから支部を訪れている。何枚かある犬丸の写真のうち、二枚にビジネスマンふうの同じ男がいた。どちらも、新幹線駅から車で十分ほどのところにある支部のビルの前だ。一枚では、儀式のためか、犬丸とその男らが首に青い帯状の布をかけている。

「この男は」

「犬丸の友人だ。次の頁を見ろ」

一ノ瀬は調査報告書をめくり、後藤輝《てる》という名を見つけた。中学時代の同級生で、税理士、西方の峯青年部のこの地域における副支部長を務めている。

「葬儀に現れては人を西方の峯へ引き込もうとするやつだと、複数の同窓生が言っている。葬式のあとは、飲む誘いに親身な税務アドバイス、次に自己啓発セミナー、社会奉仕活動、最後は西方の峯、そんなめずらしくもないコースだ。犬丸の父親も四年前に病死して、その葬式にも後藤が来たそうだ」

「じゃあ、それが始まり？」

「たぶんな。犬丸の家族は割れている。支部の前で、犬丸の隣に年配の女が写っているだろう、それが母親だ。二世帯住宅で隣に暮らす姉は、犬丸と言い争いが絶えない」

一ノ瀬は顔を手で拭った。脂汗がぬるつく。

「久実は離婚できるのか……」

「教団の教義上は、無理だ。もちろん法律上は両者の合意で離婚が可能だが、カルトに染まった犬丸との協議や調停も無駄だろう。残るは裁判。久実さんの預金まで犬丸が勝手に遣い込んだ、子供の養育を含む結婚生活の持続は困難、その原因が西方の峯だと立証できれば、裁判所が離婚を認める。母親のみの親権もな」

一ノ瀬は、残りの水を呷った。

「時間がかかりすぎる。それまで、あんな逃げ隠れするような生活をしろっていうのか。一体、久実が何をしたっていうんだ」

言えば言うほど、なぜおれはここにいる、という気持ちがつのる。何かよくないことが起きるのなら、頼まれもしないのに山へ登るおれのほうじゃないのか。

「薄いぞ」

辺見の呼びかけに、一ノ瀬は我に返った。脳裏に、踏みかけたヒドゥン・クレバス《かくれた》が浮かぶ。雪氷を踏み抜けば奈落、という恐怖が片足から脳天へと走る。その時には、握りしめていた華奢なグラスを遠藤に取り上げられていた。

人の話じゃ、と辺見が軽い調子で言い始めた。

「フィルムコミッションとは、喧嘩別れだそうだ」

「喧嘩別れ？」

「自分の意見も言えない男が、よくあんな嫁さんをもらえたもんだ。メンバーの一人から、そう言われたらしい。もめ出したやつらの仲裁に入って、とばっちりをくったんだ。酒の席のことだったが、犬丸は黙り込んで許さなかった。くすくす笑った他のメンバーについてもな。女房を誉められたとも取れる話だろうに」

一ノ瀬は無感情な視線のみ返した。温厚そうな犬丸のイメージが次々ひっくり返ってゆくが、心配なのは久実と大雅のほうだ。

夕飯は、と遠藤に問われ、一ノ瀬はいらないという意味で首を横に振ったのだったが、やがてオーブントースターから芳ばしいにおいが漂い、さっと焼いてあたためたカツサンドを遠藤と分けあうことになった。

このところ帰りが遅いんだ、と辺見が顎で遠藤を指し示す。遠藤のために、用意してあったカツサンドらしい。

一緒に暮らしているの、と一ノ瀬が問うと、安いワンルームを借りてある、子供も来るからさ、と遠藤が答えた。現職の刑事とは思えない妙に澄んだ目に、一ノ瀬は会うたびに見入ってしまう。生きることに真摯《しんし》な、野生動物のそれを思う。辺見が一時あれほど荒れた理由を見せつけられている気分だ。遠藤のほうも自分の魅力をなんとなくわかっているらしく、今夜は顔をなで、照れたように笑った。調査結果の重さをよそに、部屋の空気はあきれるほど満ち足りている。

明日は土曜だ、泊まっていけよ、と辺見に言われ、一ノ瀬は首を横に振った。

遠藤が一人しか立てないキッチンへ行き、缶ビールを人数分もってくる。

「前の駐車場だろ。今出ようが朝出ようが六百円じゃないか」

すかさず、辺見がビールグラスと小分けのミックスナッツを三つずつ用意する。

「そうそう。あんな在の借家に帰るより、洋行帰りの建築家がつくった、この昭和モダンチックなマンションのほうがずっといいだろうよ」

一ノ瀬は断るのも億劫になり、手酌でビールを飲み始めた。

「なあ、小蔵屋のお草さんはどうしてる」

「さあ。久実でさえ、小蔵屋を閉めたあとは会っていないらしくて」

そうか、と辺見が顎を揉む。洗ったままで髪を後ろへなでつけていないから、変に若く見える。

「朔太郎に、この辺りの西方の峯について訊いてみたらどうだ。政治を通じて、いろいろと情報を持っているはずだ」

言われるより早く、一ノ瀬はスマートフォンを手に取り、朔太郎にメッセージを打ち始めていた。

《相談がある　電話をくれ》

その画面を見せられた辺見が、一ノ瀬のほうへ腕を伸ばして手をひらひらさせた。

「いいか、それはおまえが打ったのではない。おれが打たせたのだ。こう、テレパシーでおまえの脳に直接指令を……」

違う、それはおれの念力だ、と遠藤までが馬鹿話にのる。

その夜、一ノ瀬は遠藤に譲られて先にシャワーを浴び、リビングダイニングのベッドにもなるソファで眠った。整えてもらってあった寝床に入ると、あれこれ考えが浮かんだが、それでも、身体の力を抜いて星空をイメージし、息をゆっくり腹から四拍で吐き、肺から四拍で深く吸うという、いつもの呼吸法数回で入眠できる。厳しい登攀に挑む直前か、過酷な環境下の高所でもない限り、眠れないということがない。

でも、久実は眠れない日が多いはずだ。

そう思うと、ぐっすり眠って夜明け前に起き出し、グリーン系の内装にまだ色の戻らない部屋や、消えていない街の明かりを眺めている自分が、どうかしている生きもののように思えてくる。

トイレに起きた遠藤に挨拶して、マンションを出た。車で梅園方向へ向かう。

《〝脱出〟しないか》

日の出と同時に、久実にショートメールを打った。

午前六時半、二車線道路をまたぐ大鳥居を車で抜け、赤城山へ向かう。関東平野の北西の端から、富士山に次ぐ広い裾野を上がる。

一八二八メートルの主峰黒檜《くろび》山のほか多くの峰と、二つのカルデラ湖を持つ赤城山は日本百名山の一つに数えられる。だが、案外地元の人が知らず、一ノ瀬は百名山だと教えては何人にも驚かれた。久実もそのうちの一人だ。

一ノ瀬は、ランドクルーザーの前側の窓を半分開けた。車内に、緑の香の風が吹き抜ける。左は杉林、右は雑木林で木陰だ。いないな、と一ノ瀬が左の路肩に目をやると、朝早いからじゃないの、と助手席の久実がくすっと笑う。暑い時期、ガードレールの途切れた木陰によく白バイを見かけるのだが、久実にそんな説明は不要だ。

樹木に覆われたつづら折りのカーブを曲がれば曲がるほど、大空が近くなり、涼しくなる。一ノ瀬はカーエアコンを切り、ついには車の窓を閉めた。

頂上付近は、下から見たとおり白く霞んでいた。久実が辺りを見回す。

「ちょっとガスってるね。きれい」

大物だよな、と一ノ瀬がルームミラーを見ると、久実がまたくすっとする。後部座席では、大雅がまだ寝ている。出発する時も、久実に背負われて眠っていた。

「外で飛び回ってるから、よく寝るの。前とは大違い」

久実の最初の返信は、数十秒後で《赤城山?》だった。社宅から少し離れた場所で待ち合わせた。

「小沼にするか」

赤城山最大の湖の大沼を左手に見て、少し上にある小沼に向かう。

目を覚ました大雅が、どこ、と不安そうに首を回し、木々の間から大沼を見て海だと驚き、一ノ瀬が減速しながら開けてあげた後部座席の窓から顔を出した。寒いとも言わず、走行風におかっぱ頭をなびかせる。久実が、顔を出さないで、危ないから、と口うるさい。

「脇に何もない。平気だよ」

大雅が、平気だよ、と一ノ瀬を真似る。

「あっ、コースケだ」

大雅のいまさらの発言に、一ノ瀬は久実と顔を見合わせて噴き出す。

「私の車だと思ったんだと思う。こんなことになるまでパジェロだったから」

こんなこと。

その一言の重さに、一ノ瀬は気づかないふりをする。

「今は何に乗ってるんだ」

「軽。ピンク」

久実が肩をすくめる。似合わないでしょという顔だ。おそらく、犬丸らに気づかれにくくする策の一つなのだろう。

「よし、大雅座れ。ちっちゃいほうの海へ飛ばすぞ」

町場より十度ほど涼しい小沼のほとりで、朝食にありつく。

一周徒歩三十分程度の丸い湖の波打ち際は、一部が砂浜のようになっている。

そこにぽつんとある天然木のピクニックテーブルに、コンビニで買ったミックスサンド、チョコパン、ドーナツ、紅鮭や鶏五目のおにぎり、果物入りヨーグルト、プリンを広げて選び放題だ。湖に向かって三人で並んで座っていたのだが、真ん中の大雅が椅子に立って真剣に選び始める。まだ八時にもならない。一向に誰も来ない。

「大雅、みんなが座るところに靴で立たないの。座りなさい」

「いいじゃないか、外だ。あとできれいにしとけば」

「いーじゃないかー」

「こらっ、公介のまねばっかりするんじゃないの」

久実がとうとう、公介と言った。再会してから初めてだった。

「何よ」

「いや、別に」

にやついていた自分に気づき、一ノ瀬は真顔を作る。

外輪山の白樺や水楢《みずなら》にかかる靄を背景に、やっぱりいいでしょ、と久実が得意気に胸を張る。久実の持ってきたチェック柄のシートをテーブルに敷いたので、確かにピクニック気分が盛り上がる。あの短時間に、久実は大きめのステンレスボトルに甘みのある熱い紅茶も用意してきた。

「熱くて、うまい。貸切り状態だな」

「うまい。カイキリだ」

水色のパーカーを着せられた大雅が、一ノ瀬の口調をまた真似る。車にあったアウトドア用のステンレスカップ――取っ手を折りたたんで大中小の三つを重ねられる――を気に入り、大雅もその中の一番小さいのを使っている。もう久実も怒る気が失せたようだ。金属製の器の熱さに小さな口と手が四苦八苦するのを、黙って眺めている。

「自分はパーカーか何か、持ってこなかったのか」

「忘れた」

久実が食べては、ステンレスボトルの付属のプラスチックカップで両手を温める。上が水色、下が紺というだけで、一ノ瀬のスポーツ用のTシャツやパンツと似たような服装だ。一ノ瀬は久実に会う前に、車で着替えた。普段から車には、登山用の道具や衣類が多少積んである。

「車にヤッケがあるぞ」

駐車場はすぐそこなのに、久実は首を横に振った。

「じゃ、これだ」

一ノ瀬は首に巻いていたタオルを、大雅の頭越しに放った。キャッチした久実は、タオルを嗅いで渋い顔をしたものの、結局自分の首に巻きつけた。

靄は外輪山に尾だけ残し、小沼は雲の多い空をぼんやりと映している。

全員が黙れば、聞こえるのは鳥のさえずりだけだ。

気の済むまでチョコパンとヨーグルトを食べた大雅は、パーカーを脱ぎ捨て、水際の湿った砂を長い枝でつついて遊び始めた。久実が大雅に日焼け止めを塗り、麦わら帽子を被せて戻ってくる。一ノ瀬は、その様子をスマートフォンの動画に収めた。できるだけ、本物の海に見えるように。大雅はこの映像を海のつもりで眺め、やがて成長して湖だったと知るだろう。

「あっ、その動画、ちょうだい」

「じゃ、食べ終えたら、大沼の方へ行くか」

「なんで」

そう言っておきながら、久実が自分のスマートフォンを見て、圏外か、と納得する。

しばらくして大沼の神社へ移動した。駐車場に車を停め、通信可能になった久実のスマートフォンへ動画を送ったところに、電話が来た。朔太郎からだ。

「仕事の電話だ。あとから行くよ」

スマートフォンを太股に押し当てた一ノ瀬は、久実が車から離れるのを待って、朔太郎と挨拶を交わした。

「相談て、なんですか」

「長くなる。大丈夫か」

「いいですけど、胸騒ぎがする」

「当たりだ」

一ノ瀬は車を降りた。神社への湖上の赤い橋に向かう久実と大雅の背中を見ながら、久実の現状とその原因について説明する。朔太郎は最初こそ、なんだ久実ちゃんの話なの、とあきれたような声を出したが、その後は言葉をほとんど発しなくなった。

雲間から太陽が顔を出し、小沼より遥かに大きな湖面がいっそうまぶしくなった。一ノ瀬はランドクルーザーに寄りかかり、足元に目を落とす。

「久実の希望どおり、離婚させたい。逃げ隠れする生活から、解放してやりたいんだ」

「といっても、簡単じゃないでしょう」

一ノ瀬は、昨夜辺見と話した、最終的には裁判になるという見込みを伝えた。

「なあ、朔太郎。だから、少しでも情報がほしい。西方の峯について調べてくれないか」

「なんで、よりによってカルトなのさ。宗教なら他にいくらでも……」

電話の向こうのぼやきに、ああ、と一ノ瀬は同意する。

視界の端に、銀色のスニーカーが現れた。

一ノ瀬がはっとして顔を上げると、久実がそこに立っていた。もちろん、久実に笑みはない。

朔太郎が、わかりました、少し時間をください、また連絡します、と電話を切る。

「なんにも訊かないはずね」

久実が表情を変えずに車のドアを開け、首のタオルを放り込み、大雅の麦わら帽子をとる。いつの間にか、大雅が脱いでいたらしい。橋の向こうの木陰に、小さな姿が見える。

「朔太郎も、辺見さんも、全部知ってるってことか」

もう久実は、湖上の赤い橋の方へまた歩き始めていた。足を止めずに振り返り、来ないの、と促す。一ノ瀬は無言のまま、あとに続いた。

朱塗りの欄干の両側で、湖面がさざ波を立てる。黒い鯉が輪郭を溶かして泳ぐ。

駐車場に車が入ってきたが、その他に人影はない。

もっと水が青かった気がしたけど、と久実が言い、そうかな、と一ノ瀬は応じる。記憶よりほっそりしている、水色のTシャツの背中を見つめる。ばれた件について、謝る気も、やめる気もなかった。

「これが、公介だよね。ほんと」

涼しい風が湖上をわたり、踏んだ古い橋板がカタンと動く。

何万年も前の火山活動で形成された起伏に富んだ地形は、水を湛え、何事もなかったかのようだ。それでも、最後の噴火から千年と経たない活火山には違いない。

「でも、私がマンションを出たあとは、あっさりしてたよね。電話も、メールも、何もなかった。一言も。だから、あそこで働いてばったり会っても、何も起きないと思ってた」

一言もなかった？　――一ノ瀬は眉根を寄せた。

電話をした。メールも送った。それに……。

次には、久実の肩に手をかけていた。

「何を言ってるんだ。忘れたのか。駅の近くの、あのなんとかっていう、アイリッシュパブで呼び出してもらった――」

振り向いた久実の怪訝《けげん》そうな、そっちこそ何言ってるのという目つきに対し、言葉を失くした。

一ノ瀬に、何者かが告げる。

伝言なんか届いちゃいない。あのアイリッシュパブの前で電話をしていた犬丸に、人のよさそうなあの顔に、おまえはだまされたんだ、と。

第五章

時間《とき》の虹

1

木曜の午後二時、小蔵屋の固定電話が鳴った。留守番電話が定休日だと告げる。阿久津まりかです、というメッセージが吹き込まれ始める。

事務所の机にいた草は、郵便物を整理していたのだったが、一つ息をついてから受話器をとった。

自分にできることがあるなら、しなさい。

この電話の傍らに居合わせたことが、そう語りかけてくる何者かの働きかけに思えた。

一時間後、小雨の中、赤い傘の阿久津まりかが自宅の玄関先に現れた。

髪を一つ縛りにして、くすんだピンク系の小花柄のワンピースを着ている。声の印象どおり、明るい雰囲気だ。大学は先生の都合で休講になったので大丈夫です、と電話で言っていた。おさげ髪だった何年か前の面影を残しているのだろうが、草にとっては当時の記憶が薄く、ほぼ初対面に近い。

「すみません、お休みの日に」

「ちょうどよかったわ、営業中は慌ただしいから」

とはいえ、草は待っていたわけではない。

別にもっと先でもよかったし、正直なところ会わないで済めばそのほうが楽だった。常連の孫というだけで、特段親しいわけでもないのだ。だけどそういうわけにもいかないじゃないの、と身の内から聞こえてくる。

いただきます、と麦茶に口をつける彼女の様子も礼儀正しい。真面目なのだろう。よさそうな教えなら、素直になんでも吸収してしまうに違いない。

この子をカルト宗教に奪われる阿久津の苦痛を、草は思った。阿久津の残していったメモ――筆圧の強い文字で、まりかの名と阿久津の携帯電話番号が書かれている――を座卓に置く。きれいな器、とまりかのほめた歪みの美しいガラス器の近くに。彼女からよく見えるように。

向かいに正座しているまりかの背後の庭は、雨で光っている。居間よりも、縁側や庭のほうが明るい。

メモに目を落としたまりかが、頭をぺこんと下げる。

「すみません。おじいちゃんが」

その声にも瞳にも、何かしでかしてこれから諭されるというような構えたところが感じられなかった。電話の時のように、心配性のおじいちゃんを安心させるためにこうしているといった様子だ。

遠回しは通じそうにない。草は単刀直入に切り出した。

「西方の峯だそうね。びっくりしたわ」

なぜか、まりかの表情が輝いた。

土木工事現場で働き続けた阿久津の長い顔とは似ても似つかない、つるんとした卵形の顔に光がともったようだ。

内心ぎょっとしたものの表情に出すまいとする草をよそに、まりかが隣室の仏壇へと視線を向ける。

「ちっちゃな子……」

蒸し暑いかと思って境の襖《ふすま》を開け放っておいたことを、草は後悔した。まりかの視線の先には、息子良一の遺影がある。古い写真立ての中で、小さな良一はぽつんと立ち、黒々とした瞳でこちらを見つめているのだ。

「誰ですか」

答えたくない。とっさにその思いが先立ち、草は返答が遅れた。

「息子。三つで亡くなったの。水の事故だった」

平静を装って一息に言ってしまってから、胃の辺りが重くなった。幼い良一を汚されたような、ふさわしくない場へ引きずり出してしまったような、嫌な気分がする。

明るい瞳が、仏壇からこちらへと動く。

「三つで……そうだったんですね」

まりかが、ゆっくりと小さく何回もうなずく。

何をわかったというのだろう。草は思わず眉根を寄せた。あの世とこの世を行き来すると公言する教祖、仙人のような姿の伊部導師が頭によぎる。今でも週刊誌ネタになる、大きな目をした、あるいは多弁な広告塔のタレント信者らも。

「手を合わせていいですか」

制したい気持ちを礼の言葉に変え、お線香は焚かないの、仕事柄コーヒーの香りを大事にしたくて、と言い添える。

すでに仏壇前に正座していたまりかが、はい、と言って鈴《りん》を鳴らし、目を閉じて合掌する。そのあと、手をそのまま膝に下ろして指を組んだ。ふうと息を吐き、肩の力を抜いて、広くはない家全体をあらためて眺める。

「古い木材も漆喰壁も、何もかも素敵ですね。きちんとしていて、でもあったかい感じ」

薄ら寒さを感じ、草は母の残した大島紬の襟元を合わせた。

「あの……何に引きつけられたの？」

「はい？」

「西方の峯の、何がよかったのかと思って」

まりかが、ああ、と合点したように表情を緩め、元のとおり座卓へついた。

「許されたことです」

許されたこと、と草は鸚鵡《おうむ》返しにした。

「あの、これは家族にも言ってないんですけど……私、いじめを……」

言いにくそうに、しかし、迷いを払拭するかのように、まりかが首を横に振った。一つ縛りの髪の先が揺れ、両肩をかすめる。

「いじめをしてたんです。小学生の時です。一人、クラスに強い女の子がいて、その子に逆らえなくて、一番おとなしい女の子にみんなでひどいことをしてしまって」

顔を伏せているまりかに、草は何か言わなければならないと感じ、言葉を探した。

「いじめられた子は？」

若い顔が再びこちらに向き、やわらかに微笑んだ。すでに何者かに許されていることを思い出したのだろうか。

「その子は不登校になって、転校してしまいました。それきりです。でも、今からでもできることがあるんですよね。恵まれない子を支援するとか、浄財を集めるとか。世にあふれるアッカをリョウカに変えることで、こびりついていた罪の意識も、瀕死のこの世界も素晴らしいものに変えられる」

耳で聞いたものを悪貨《あっか》、良貨《りょうか》と理解するまでに、草はやや時間がかかった。

表情を失っていると自覚する草を前に、まりかが素敵なことでも思い出したかのように虚空を見つめ、それから隣室の仏壇へと目を向けた。

「そう、私たちは許された」

軋む空気の中で、草の思考は行き場をなくし、うねり漂う。

カルト教団の教えと身近で素朴な信仰との境があやふやになりそうになり、草は目を閉じた。丘陵の観音。それから我が子の寝顔に似た、三つ辻の地蔵が浮かぶ。心に小さな明かりがともる。ここに来られないなら思うだけでいい、供物が用意できないなら祈るだけでいい。そんなふうに語りかけてくれる、慈愛に満ちた存在に包まれる。

草は再び目を開け、まりかへ眼差しを向けた。

私にも信仰心はある。でもね、伊部導師は、神仏の使いでも何でもない。ただの人間なのよ。しかも、強欲な。自分の自由になる世界のためなら、誰が泣こうと破産しようと、たとえ死のうとかまわない。

まずは心でそう語りかけ、座卓の上の若々しい左手に老いた右手を重ねる。

「あのね、まりかさん、私にも――」

「いいんです。わかっています」

草の言葉は遮られ、二人の手の上にまりかがさらに手を重ねてくる。草は手を引こうとしたが、まりかの湿ったあたたかい手に力がこもり、ぴたっと挟まれて動かせない。

「わかっていますから」

下の手がくるっと回転し、草の手はしっかりとまりかに握られた。

「わかってるって、一体、何を」

はっきり言ったものの、光に照らされたようなまりかの表情を見ていると、草は声が届いたとは思えなかった。次の瞬間、やっと手が解放された。体温と湿り気の移った右手を、母のしゃりっとした大島紬の胸に抱きしめる。

その間に、まりかは帆布製の大きなトートバッグをさぐり、三つ折りの細長いパンフレットを出して座卓に置いた。

手にとるまでもない。ハートマークのロゴ、向かいあう人と人にも見えるそれを見れば、西方の峯のものだとわかる。カラー刷りの値の張りそうな印刷物には、青い帯の部分に金文字で「人類滅亡の回避　善き人による世界平和」とある。

「いつか、私たちのことを、おじいちゃんも理解してくれます」

西方の峯のパンフレットが、つうっと草の方へ押される。

「それまでの辛抱です。大丈夫です」

草は寒気に襲われた。

とんでもない場所へ足を踏み入れてしまった、そんな気がして胸がざわつく。よせ、という何者かの声を聞きつつ、パンフレットに手が伸びてしまう。パンフレットを広げる。「地球環境」「慈善」「足るを知る心」「死者の声」といった、勧誘のためのもっともらしい文言が目立つ。ある一点に、目が釘付けになった。

まさか――老眼をさらに細め、顔を近づけてもみたが、見間違いではない。

そこには、草自身の写真があった。

2

何者かによって、違う方へ向けられた道しるべ。

そのイメージが、一ノ瀬の頭から離れない。

それは、弟が平凡な山で死亡した事故の端緒であり、久実との別離を決定づけた小細工の象徴でもあった。

七年前、駅の近くのアイリッシュパブの前で電話中だった犬丸は、一ノ瀬の伝言をまったく久実に伝えていなかった。

――何を言ってるんだ。忘れたのか。駅の近くの、あのなんとかっていう、アイリッシュパブで呼び出してもらった――。

あれに対して怪訝な表情を見せただけの久実は、伝言はおろか、別れてからの電話もメールも知らなかった。犬丸の小細工は、アイリッシュパブが初めてだろうか。前々から久実に思いを寄せていたのなら、電話もメールも何らかの方法で阻んだかもしれない。

どうしたんです、と機械製造部の社員からささやかれ、一ノ瀬は我に返った。

「眉間に力が入ってますよ。こんなに上手く運んでいるのに」

機械製造部の社員が、長テーブルの上座にいる社長をちらっと見やる。先週イタリアンレストランで熱弁をふるった効果があったじゃないか、といったところか。

確かに、順調すぎるほどだ。これまでのノウハウを活かして防災備蓄・医療介護を主眼にした食品分野へ進出する計画が、一定の了承を受け、動き出した。

「いや、ちょっと別のことを考えていた」

一ノ瀬も彼とともに、ファイルやパソコンを抱えて席を立つ。

第二会議室の大窓の向こうには、おととい久実と行った赤城山が青くそびえている。製造会社の多い、田畑に囲まれたこのエリアからは視界を遮るものがない。

「あっ、わかった。次の山のことを考えていたんでしょう」

一ノ瀬は微笑んでおく。

「やっぱ、そうなんだ。豊かだなあ。うらやましいですよ。一ノ瀬さんの世界は広い」

同僚の勘違いに曖昧に応じ、厳しいもんですよ、と社長の手招きを目で示す。同僚は首を縮めて他の者たちと出てゆき、一ノ瀬は社長と会議室に残された。

パソコンなどを抱えたまま近づかない一ノ瀬を、社長が指差す。

「わかってるな」

「何をです」

「多角化は両方だ。タニガワスポーツと、この計画と」

そうきたか——一ノ瀬は無表情を返す。

「千春さんとメッセージをやりとりしているらしいな。谷川社長も期待している。縁談を断ったおまえの非礼は、恋愛のプロセスだと思っているそうだ。娘の幸せを願ってやまない父親の弁だ」

メッセージのやりとりといっても、会食後に一往復のやりとりを交わしたのみだ。先方は飲みすぎたことを反省しており、こちらは協力に感謝した、その程度のことだった。娘から事実を伝えられたところで、タニガワスポーツのトップも自分の都合に引き寄せて解釈したのだろう。

「あれは、友人としてですよ」

「結構。仕切り直して、そこから始めろ。繰り返すが、タニガワスポーツとこの件はワンセットだ。いいな」

タニガワスポーツを娘ごと手に入れなければ、始動した新計画もご破算にするぞ。そういう脅しだ。ならば、引き返せないところまで新計画を進めるまでだ。一ノ瀬は無表情を貫き、姿勢を正した。

「よし。千春さんと山にでも出かけろ。信州の別荘を使っていい」

会議室を出る上機嫌な社長を見やる。荷物を胸に抱えたまま、スマートフォンをポケットから取り出す。

《電話をくれないか》

久実へ短いメッセージを送る。

久実からの電話が鳴ったのは、その夜遅くだった。

帰宅後でシャワー中だった一ノ瀬は、泡まみれのまま通話にし、悪い、かけ直すよ、と伝えた。

「お風呂でしょ。シャワーの音がする」

「うん。すぐ出るから」

「いいよ、こっちはごろごろしてるだけだから。ちゃんと洗ってね、首とか」

久実が赤城山でタオルを嗅いだ姿が思い浮かび、一ノ瀬は笑った。かけ直すまでに三分とかからなかった。ちゃんと洗った？　洗った。それが二度目の電話の最初だった。

「速攻だね」

「もう出るところだったんだ」

あせって足の小指を戸にぶつけ、顔をしかめていることなど、一ノ瀬はおくびにも出さない。風呂場の明かりが落ちる洗面所のひんやりした板間に座り、痛む足をもみながら、犬のように尻尾を振っている自分にあきれる。待っていた電話があり、折り返しを久実が待ってくれている。こんな単純なことに、これほど浮きうきするとは。ひょっとしたら七年の間、おれはこれを待っていた？　――馬鹿な考えに、一ノ瀬は頭を横に振る。髪の水気が滴る。沈黙がやわらかい。

「大雅はぐっすりか」

「うん。電話って、何か用事？」

「この間、話が中途半端になっただろ。この七年のことを聞いておきたくて」

アイリッシュパブの話の最中に、湖上の橋の向こう側で大雅が転んで泣き出し、それきりになった。だからといって、一ノ瀬はその話題に触れる気はない。

「結婚は六年前になるか。犬丸の父親が亡くなったのが四年前、その時に現れた中学時代の友人後藤の誘いで犬丸は西方の峯に入信、女房の預金まで献金に回すほど入れ込み、生活が困難になった。犬丸に離婚を申し入れ、大雅を連れて家を出たが、犬丸だけでなくカルト教団の関係者までがうろつくから、実家や友人の家にもいられない。そういう解釈でいいか」

「そうね。さすが、公介と辺見さん」

生活の困窮とカルト教団からの接触については、家族や友人にも言えなかったと久実が明かした。

「西方の峯と聞いたら、両親でさえドン引きだもの。あれ以上、心配かけられないし、教団をみんなに近づけたくなかった」

恐かった、と久実が漏らす。

恐い、ではなく過去形であることが、一ノ瀬には救いに感じられた。厳しい時ほど、冷静さが事態を左右する。

「離婚の意思は変わらない？」

「ええ。でも、サイン、捺印した離婚届は犬丸に突き返されて。あとはどうしたらいいか、よくわからない……今が精いっぱいで……」

「当たり前だ。よくやってる、偉いよ」

二呼吸ほどあと、電話の向こうで洟をすする音がした。

一ノ瀬は少し待ち、それから離婚成立までの見通しを伝えた。現状の犬丸相手では協議・調停は無駄に終わり、裁判しかないだろう。長い時間がかかる。そうした見立てに、そうよね、しっかりしなきゃ、と久実は応じた。

「あのね、教団の人間から脅されたこともあるの。勝手に子供を連れ出した、誘拐だ、警察に届けることもできる、って。そこまでしない、だから今すぐ家へ戻れと、犬丸がなだめる側にまわったりしてね。家族がすべての基本だと、教団の教えも力説してた」

くぐもった咳払いと、洟をかむ小さな音がする。

「私、絶対、大雅は渡さない」

大雅のために強くあろうとする久実と、幼いなりに耐えている大雅を思い、一ノ瀬は胸が締め付けられた。罪のない二人に、これ以上つらい思いはさせられない。逃げ隠れする生活から解放してやりたい。だが、どうすればいいのか。

「いいか。一人だと思うな。おれがいる。辺見さんも、朔太郎もいる」

久実に言いながら、自分自身を鼓舞する。

「手始めに弁護士へ相談してみる。署名捺印した離婚届、預かっていいか」

ためらいがちな承諾に被せて、穏やかに続ける。

「すぐ送ってくれ。社内便でいい。金の心配はするな。友人の弁護士がいる。何とかなる」

「ごめんね……ありがとう。公介に甘えられないって言うべきだけど、大雅のために図々しくなる」

「そうだ、図々しくなれ。もうおれたち二人の間では、ごめんも、ありがとうもなしだ」

一ノ瀬は立ち上がり、明かりをつけていない座敷の方へ歩いていった。ここに久実と大雅を住まわせたいくらいだが、できなかった。隣家の遠いひっそりしたこの地域より、人目に守られた社宅のほうが安全だ。

網戸にしている縁側に立つ。夜空には雲が浮かんでいる。

「どこかに、月があるんだな。空がうっすら明るい」

そうなの、という疑問符つきの返答が、ほんとだ、というつぶやきに変わった。

「月は月で、雲は雲だね。どんな時でも」

「ああ」

久実が何か思い出したように、くすくす笑う。

「大雅には口にチャックさせてる。公介と海に行ったことは内緒よ、って。約束が守れたら、また海に行けることになってるの」

「おれが撮った動画、海に見えるだろ」

「見える、見える」

それからまた夜空を少し眺め、おやすみを言った。「22:22」だった。

あっ、アヒルの行列。おっ、ほんとだ。それが、その晩の最後の会話になった。


市街地の端、市内に二十数か所ある中では小規模な商店街へ、一ノ瀬は急いだ。汗だくで辺見探偵社へ飛び込む。

元判子屋の店舗とは思えない現代的なつくりは、金属板の簡素な看板に気づかない限り、設計事務所か美容系の何かに見える。中もモノトーンで整然とし、一見、業種不明だ。

いい仕事してもらったわ、と出てゆく笑顔の中年女を、一ノ瀬は出入口近くの壁に張り付いて見送り、その客のいたテーブルにつく。通話中だったスマートフォンを、向かいに座っている辺見の前でスピーカー状態にした。

「朔太郎、辺見さんだ」

二人が電話を通じて挨拶を交わす間に、自分のノートパソコンを立ち上げ、友人の弁護士からのメールを開ける。久実と電話した晩から一週間と経っていない。

「一ノ瀬さん、会社へ送った郵便物、開けました？」

「今開ける。待ってくれ」

ノートパソコンのバッテリー残量が乏しくコンセントを探していると、相変わらず忙しい男だな、と辺見が立ってプラグを差してくれ、半透明の衝立を窓際へぴったりと寄せた。金曜の四時をまわったものの、洒落た街灯と石畳の商店街に人通りは少なく、目隠しなら観葉植物で充分だったが、照り返しの暑さが和らぐ。

大判の封筒から引き出した何種類かの書類や印刷物に、一ノ瀬はざっと目を走らせた。いずれも、ネット上にあふれる西方の峯の情報を補強する具体的な資料だ。特に現与党を支える西方の峯の、選挙区別票数（開票結果とその他の情報から割り出されている）には驚かされた。地域によっては想像以上に多い。一般の有権者がろくに投票しない間も、カルト教団信者は手堅く投票し続ける。全体の投票率が低いほど、カルト教団の票割合は上がり、その力は無視できなくなる。無論、選挙活動も組織的でお手の物だ。どれほど多くの国民を疲弊させようと、与党日本民自党が岩盤支持層を維持できる所以の一つだった。カルト規制を求める野党に応じるはずもない。

一ノ瀬が資料に感心すると、そこじゃない、と東京にいる朔太郎が突っ込んできた。

「教団のパンフレットを見てくださいよ」

「このA4三つ折りのか。古いな」

一ノ瀬はパンフレットを広げた。辺見に勧められ、濡れタオルで汗をぬぐい、冷水を飲む。裏面まで流し見たものの特段何も見当たらず、これがどうした、と問うと、お草さんがいるでしょう、と朔太郎が返す。

「お草さん？」

その時には、傍らに立った辺見が、数枚載っている写真の一つを指差していた。

一ノ瀬は、その写真に目を凝らした。

赤土色の柄物の着物姿は、言われてみれば、確かに杉浦草だった。何かのユニホームだろう、薄緑色のTシャツを着た二人の若者の間で微笑んでいる。背後に長い橋がある。場所は小蔵屋からすぐの、あの河原だ。

写真の下には「地域のごみ拾いを続ける小蔵屋店主　杉浦草さんと」とある。

「これじゃ、まるで……」

「西方の峯の信者だな」

でしょう、と朔太郎が電話の向こうから入ってくる。

「細身の背の高いほうが、アンドアースのリーダーだった男です。アンドアースは西方の峯の青年部によって作られた組織で、環境保護グループを装い、学生を教団に誘い込んでいる。お草さんは利用されたんです」

年寄りはこういう真面目そうなタイプに弱いからな、と断定的につぶやく辺見に対し、一ノ瀬は首を横に振った。

「お草さんは人を冷静に見ていましたよ。近づかれ、早々に利用された。そんなところだったのじゃないかと」

「なら、他の写真の果樹園やクリニックの人たちも似たようなもんか？」

「さあ、どうかな。いずれにしても地域に根差して活動を広げるなら、半端なタレントより、地元のこういう人たちのほうが看板向きです。親近感があり、信用される」

杉浦さん本人はこれを知ってたのか、と辺見が問い、知らないでしょう、もし知っていたら教団に乗り込んでいそう、と朔太郎が答える。

一ノ瀬は返答を控えた。

久実が以前言っていた話が引っかかっていた。お草さんが小蔵屋を閉めた理由が今一つ、はっきりしない。気力と体力の限界ね、時が来たの、と聞いたけれど、急に決まったことなのじゃないか。今でも時々そう思う。確か、そんな話だった。

ふいに、朔太郎が深々とため息をついた。

「どうしてかなあ。犬丸さんて、頼まれれば断れないタイプで、仲間や社会のために一生懸命って感じだったのに。役所の仕事にしてもフィルムコミッションにしても」

「そんなだから、ああなっちまうのさ。生きてゆくには、多少ゆるいほうがいい。おれだったら、西方の峯の集金力と、金の流れが気になって信心どころじゃない」

辺見の笑いを帯びた言葉には妙な重みがあり、束の間、朔太郎は沈黙した。

「以前の仲間を避けてるらしいですね、フィルムコミッションやスキーとかの。道で会っても知らんぷりされた、どうせ来ないからもう誘わない、そんなふうに言う人が何人か」

どこかで聞いたような話に、一ノ瀬は辺見と目が合った。フィルムコミッションとは喧嘩別れだったと、犬丸の調査報告を受けた際に辺見から聞いていた。その件を伝えると、教団信者以外はみんな敵ってわけかな、と朔太郎がため息まじりにつぶやいた。

「ところで、久実ちゃんはどうですか」

「気丈にがんばってるよ。朔太郎のブログ、読んでるらしいぞ」

「そっか。よろしく伝えてください。じゃ、また連絡します」

電話が終わると、辺見が訊いた。

「本当に、これから犬丸と？」

壁にもたれて腕を組んだ辺見を、一ノ瀬はパソコン越しに見上げる。

友人の弁護士から届いた、離婚に関する覚書を、辺見探偵社のプリンターで印刷する。複合機からそれをとった辺見がざっと目を通し、テーブルに置いた。母親の単独親権、西方の峯の信者である父親の接近禁止、養育費の支払い、遣い込んだ預金の全額返済等、犬丸に不利な条項が並ぶ。一ノ瀬はその横に、久実から届いた離婚届を並べる。

「どう考えても、他にうまい方法がないんです。悠長に何年もかけられない」

「それを朔太郎には言わず、おれにはしゃべるわけだ」

「とても言えませんよ。朔太郎は野党第一党の職員だ」

おれだって元警官だぜ、と辺見が口の片端を引き上げる。


新幹線駅にほど近いアイリッシュパブは、これからも何年経とうと変わらなそうな、以前のままの佇まいだ。いくつかの明かりが照らす、ウイスキー樽色の奥行きのある店舗には、一人客がL字型の長いカウンターにぽつぽつといる。

一ノ瀬は、窓辺にある二人がけの丸テーブルで犬丸を待つ。椅子をずらして他の客に背を向けている。正面が窓だ。

表の通りはまだ明るく、人が行き交い、無灯火の車が多い。

午後市役所へ電話すると、久実の件で話が、と言っただけで、犬丸が場所と時間を訊いてきた。あれ以上、職場では話せないからだろう。一対一で、と念を押しておいた。とりあえず思ったとおりに、事は運んでいる。

久実に届かなかった七年前の伝言が宙を漂う。

夜の歩道に立つ自分が見えるようだ。表で電話中だった犬丸がカウンターの角の席に戻り、その一つ奥の席にいた久実は犬丸と話したものの、外を見もせず仲間と談笑していた。結局のところ、外で話したいというあの伝言を、犬丸は久実に言わなかったわけだ。

約束の五時半まで、あと二分。

丸テーブルには、クリアファイルに入れた覚書と離婚届、それからボールペン、朱肉、「犬丸」名の急ごしらえの印鑑を用意してある。

一ノ瀬は、凍傷の結果小指が短くなった左手でグラスを持ち続けていた。前を向き、冷えたノンアルコールビールに口をつけ、乾いた風に揺れる街路樹を眺める。呼吸を整える。傍らの椅子の、黒い座面に人知れず置いた、黒っぽい大振りなカッターナイフを意識する。店の出入口は右、その椅子は左。犬丸が入店してから、着席するまでの数十秒がすべてだ。防犯カメラが奥の天井から店内全体をとらえている。事前に頭の中で何回シミュレーションを繰り返そうと、予想外のことは必ず起こる。失敗しないためには、冷静に状況を判断し、小さな犠牲を厭わないことだ。

カランと、ドアベルが鳴った。

薄い書類鞄を提げた、ワイシャツ姿の大柄な男が入ってきた。犬丸だ。

一ノ瀬の記憶よりも大きかった。全体に肉付きがよく長身で、久実から肉とある種の自信を奪ったかのように堂々としている。汗ばんだ下ぶくれの顔が、カウンターの奥から窓辺へと目を走らせ、一ノ瀬を認めた。一ノ瀬は座ったまま会釈して、左の空き席を視線のみで勧める。

表情を変えず会釈を返した犬丸が、一ノ瀬の背後をまわり込み、その席へ近づく。一ノ瀬の頭上から、丸テーブルへ注意を向ける気配がする。

「何にしますか。おれはお先に、ノンアルです」

妻の元婚約者、目の前の書類に印鑑、飲みものの選択。大抵の男なら、これだけ一遍に押し寄せれば頭がいっぱいだ。自分の座るべき場所に変なものがあれば、無意識にでも、手に取ってどけようとする。

実際、犬丸はそうした。中腰になり、すでに右手にカッターナイフを持っている。

予め一センチほど出してあった刃先が、一ノ瀬の左、肩の近くで鋭く光る。肘を伸ばさずとも届く距離だ。一ノ瀬はわざと切られなければならなかった。それも突然襲われたかのように。通常の呼吸を心がけ、刃先に手を出した。右手を突き出して防御の姿勢をとると同時に、カッターナイフの先端を左手で握ってスッとその手のみ引いたのだ。握り込んだ手のひらに熱が走り、じわりと熱いものがあふれてくる。刃先は赤く染まり、握り拳から丸テーブルへ血が滴る。防犯カメラには、身を守ろうとして手を切ってしまったかのように写るはずだ。

一ノ瀬は立ち上がり、出入口の方へ一歩退いて顔をしかめた。

「犬丸さん、これはないでしょう……」

尻ポケットから出したハンカチを傷に当てて握り、左手首を右手で締めつけ、ワイシャツの胸に引き寄せる。傷は人差し指の付け根から小指側の土手のような盛り上がりの小指球まで、長さ六センチ強、深さ二ミリといったところだった。ちょっと切りすぎた。

犬丸が呆気にとられたように、自分の手と一ノ瀬の手を交互に見る。信じられないことが起きたという態だ。端から見れば、妻の代理の男に逆上した夫だ。やがて、その目に鋭い光が宿った。

「一ノ瀬さん、あなた私を……」

嵌《は》めた、という言葉を聞く前に、一ノ瀬は静かに言い放った。

「サインと捺印を。そうしてくれれば、警察沙汰にはしない」

警察沙汰と訊いた途端、犬丸が焦った様子で、カッターナイフをクリアファイルの横に放り出した。硬質な音が響く。そうして、犬丸はだぶついたズボンのポケットからスマートフォンを取り出した。

「弁護士を呼びます。警察だというなら、私から連絡してもいい」

犬丸が一ノ瀬の目を見ながら、電話を操作する素振りを見せた。

カラン、と一ノ瀬の背後でドアベルが鳴り、新しい客が入ってくる。

一ノ瀬は顔色を変えない努力をする。西方の峯に自前の弁護士がいるのは知っているが、警察関係者までいるのだろうか。私から連絡、というからには地元警察の幹部か。それとも、はったりか。

頭上の雪氷が軋む音を、一ノ瀬は聞く。直撃の範囲から、そうっと横へずれるしかない。

「犬丸さん、ここで二度目の罪を犯しますか」

一ノ瀬は左へ体をひねり、カウンターのすぐそこの角の辺りへ視線を投げた。

犬丸が、ちらっとカウンターの方を見てから、ごくりと唾を呑み込んだ。顔面が急速に青ざめてゆく。

「それ、く、久実は知って……？」

犬丸のかすれ声を、何か黒いものが遮った。警察手帳だ。

割って入ったのは、スーツ姿の遠藤だった。一ノ瀬は声をあわてて呑み込む。うっかりすれば、遠藤さん、と呼んでしまうところだ。さっき入ってきた客が彼だったらしい。犬丸も目を剝いている。遠藤と面識はないはずだが、現職の刑事が現れるとは思ってもみなかったのだろう。

「二人とも、身分証を」

見つめられたら目を離せなくなりそうな瞳が、何も言うな、辺見の差し金に決まってるだろ、と語っていた。この暑いのに上着まで羽織っている遠藤が、そのポケットからジッパー付きのポリ袋と白い手袋を出す。手袋をした手でカッターナイフをポリ袋の中へつまみ入れ、それぞれに持たせた身分証、現場、一ノ瀬の傷といった写真をスマートフォンで撮るまでに二分とかからなかった。遠藤がそこの救急病院で傷の手当てをするよう促したが、一ノ瀬は首を横に振った。バーテンダーと他に二人ばかりいる客がいよいよこの騒ぎに気づき、ぼそぼそと何か話している。

「犬丸さん」

一ノ瀬は小声で、しかし強く呼び、きつい眼差しで署名捺印を迫った。署でお話を聞きましょう、と遠藤がたたみかける。

顔面蒼白の犬丸が崩れるように席についた。椅子をギシギシいわせ、クリアファイルの中身を取り出し、署名を始める。ボールペンの先が震えている。一ノ瀬は前に踏み出て、遠藤を他人行儀に制す。離婚届と覚書に間違いなく署名捺印が済むのを待ってから、さらに遠藤に向かって、ただのアクシデントであって傷害事件ではないと釈明を始めた。そうした茶番に遠藤はプロらしく淡々と応じ、気が変わったらいつでも署へ来るように、と証拠物を持って去っていった。途中で入った電話に、すぐ戻ります、と答えていたが、あるいは辺見からだったのかもしれない。

カウンターでは、ギネスの生が汗をかいている。遠藤が手をつけなかったのだろう。

事前に飲んでおいた鎮痛剤も、さして役に立たない。一ノ瀬はかがみ込み、痛む右手も使って、足元のビジネスバッグに離婚届その他をしまい込む。何か違和感があった。目の前の男が、あっさり署名捺印したことか。いや、違う。

私は許されたんだ、と犬丸がつぶやいた。

一ノ瀬は、屈んだまま顔だけ上げた。犬丸が、悪い薬でもやったかのような妙な顔つきになっていた。ああそうだ、と思い当たった。犬丸が顔色を変えたタイミングがおかしかったのだ。手を切った時でも、警察手帳を見た時でもない。七年前ここで握りつぶされた伝言、その件に対して青ざめたのだ。

「許されたって、何を」

問う一ノ瀬に、犬丸が目を向けた。だが、その目は明らかに別のものを見ている。

「ええ。許されたんです。世にあふれる悪貨を良貨に変えることで、こびりついていた罪の意識も、瀕死のこの世界も素晴らしいものに変えられる……」

「犬丸さん、七年前あなたは久実のケータイも盗むか何かしましたよね。彼女は、おれが電話やメールをしたことも知らなかった」

しゃがんだままの一ノ瀬に、犬丸が丸テーブルを這うようにして下ぶくれの顔を寄せてくる。

「そのことを、久実は……知ったんですか」

うなずいてもよかったが、できなかった。これ以上の作り事は性に合わない。

「いえ」

犬丸が安堵のため息をつき、頬の肉を揺らす。お願いです、久実には言わないでください。言わないで。あれも偶然だったんです。久実がケータイを失くして、私が見つけ出して……久実に届けるまでの間にあなたのメッセージや電話が……それで消して……。久実に打ち明けようと、謝ろうと何回も思った。何回も……でも、恐くて……そんなことをしたら、久実は離れていってしまう……。一ノ瀬の鼻先に酸い息がかかり、肩にじっとり湿った手がとりつく。今さら何なんだとうんざりしたが、どこか危ういその目を見ればあわれでもあった。ああ、と一ノ瀬は思い至った。急に視界が開けたかのようだった。

——自分の意見も言えない男が、よくあんな嫁さんをもらえたもんだ。

フィルムコミッションとは喧嘩別れ。以前の仲間を避けている。犬丸のそんな変化の痕跡が、怯えと悔恨の道のりを描いていた。それまでの仲間は、変わってしまった自分を映す鏡だ。あの、誰も知らない、できるなら忘れてしまいたい悪しき行いがことあるごとに映しだされる。善良な妻子と一緒にいても同じだ。幸せがふくらむほど、罪の意識も後悔も雪だるま式に育ってゆく。小さな過ちが、その後の人生を大きく変える。実父の死が罰のようにでも感じられたのだろうか。だが、罪の一つや二つ誰でも腹の底に抱えている。西方の峯はその罪をわざわざ引きずり出して、人を深みに突き落とし、聖人の笑みで手を差し伸べるのだ。そうした意味では、犬丸も被害者だった。

一ノ瀬は立ち上がった。誤った道しるべから命を落とした弟を傍らに感じた。登山にはついてくるな、途中までだってだめだと同行を許さなければ、きっと弟は今も生きていたに違いない。

「もう過ぎたことだ。いいかげん、忘れたらどうです」

バーテンから濡らした紙ナプキンをもらい、犬丸の肘の脇へ置く。半袖の太い腕に、テーブルの血がついていた。

外へ出ると、中から見るよりも、ずっと明るかった。

深呼吸した一ノ瀬は、道行く人々とすれ違う。電話に向かって陽気に話す男。スマートフォン片手におしゃべりに夢中の女たち。窓辺なら目撃者の一人くらいと期待したのだったが、外から今の騒ぎに気づいた者は、おそらく誰もいない。


こんな日が来るとは、と感慨深く思う瞬間が人生には時折ある。

一ノ瀬にとって、山の家でのバーベキューはまさしくそれだった。

丘陵にある山荘の広い敷地の端で、木陰のディレクターズチェアに一ノ瀬は陣取り、五人を眺めている。ホスト役で煙にまみれる朔太郎。ウッドデッキにいるのは辺見と非番の遠藤、晴れて自由となり実家へ戻った久実と大雅だ。後ろの紅雲町から関東平野へと続く広大な眺めもいいが、今は飲んだり食べたりに忙しい彼らを見ていたかった。

考えてみれば、この緑の斜面を背にした片流れ屋根、焼杉板外壁の山荘を見つけ、朔太郎を引き寄せたのは杉浦草だった。

お盆の入りのこの日、上空に雲は多いものの、まだ降りそうにはない。赤城山は五合目辺りから上は灰色の雲の中だ。北の方では雨なのだろう。風が涼しい。朔太郎が刈ったばかりの草の香りもする。

一ノ瀬は天を仰いで目を閉じ、土とその青いにおいに浸る。

やがて、濃い焼肉のにおいが混じってきた。目を開けると、辺見が傍らに立っていた。

「どうした。山が恋しいか」

差し出された皿と缶ビールを受け取り、どうも、と一ノ瀬は微笑む。

「そういや、傷は？」

一ノ瀬は皿を膝に置き、左手を広げて見せた。例の傷は、切れ味がよかっただけにぴったりとくっつき、今では何の支障もない。

傷跡を見た辺見が、敷地の端の石に腰を下ろした。その下は、造成されたこの土地を支える高さ六メートルほどの石垣だ。

「辺見さん、後ろへ落ちないでくださいよ」

下の藪までの落差を、辺見は見もしない。

「聞いたぞ。うっかり登山用ナイフで切っただと？　久実さんに話してなかったのか」

離婚届と覚書を手にした久実は、口元を手で覆い、全身を震わせて涙を浮かべたのだった。無言で抱きついてきた久実のにおいは、昔マンションに残していったボディーソープの甘い香りに似ていた。

「署名捺印するまで市役所へ通い続ける、と迫った結果。そういう話にしてあります」

「かっこつけやがって」

「言える話じゃないからです」

自分だって彼氏を差し向けたくせに言ってないだろ――一ノ瀬は心の中で言う。

辺見が自分の缶ビールに口をつける。どうも缶のまま飲むってのは、とグラスを欲しそうな顔をする。ええ、と同意し、一ノ瀬も缶を開けて二本目のビールを飲み始める。どうせ今夜はここで雑魚寝だ。

調べたんだが、と辺見がまた話しだした。

「杉浦さんの死亡届は出ていない。法的な住所はカフェに賃貸中の、あの小蔵屋のままだ」

先回りされ、一ノ瀬は目を見開いた。いずれ、草については自分で調べるつもりだった。

「施設に入所した?」

「いや、近隣の施設や病院にもいない。噂も皆無だ。どうも意図的に姿を隠したらしい。西方の峯の、あのパンフレットが効いたのかもしれない。おれたちのように、どこかの時点でパンフレットを見たんだろう」

一ノ瀬は膝に腕を置き、顎を揉んだ。

「そうですね。誰にも悪影響を及ぼさないよう、自分が社会から身を隠した。あの人なら、しそうなことです」

杉浦草の写真が使われた例のパンフレットを見た久実は、怒り、泣き、自分を責めた。

――おかしいと思ったのよ。店を、小蔵屋を閉めるって決めたのが……気力と体力の限界とか理由は聞いたけど、なんか急で。ああ、私、なんでお草さんの気持ちに気づかなかったんだろう。馬鹿だ。ちょっと捨てられたくらいに思ってた時まであったんだよ。でも、今ならわかる。大事な人たちを西方の峯なんかに間違っても近づけたくない、そういう必死の気持ち。

だが、その時、草が久実に事実を伝えていたなら、先々夫となる犬丸もそれを知り、予め西方の峯を警戒して、離婚を回避できたのかもしれなかった。それも、今さらの話だ。だから、一ノ瀬は誰にも言いはしない。

涼風に木洩れ日が揺れる。ジジッ、と蟬が飛び立つ。

かつてこの山荘で杉浦草が体感した風、蟬の音がここにある。一ノ瀬はそう感じる。

「なぜ、お草さんのことを調べたんです」

「さあな」

辺見は腰を上げ、ウッドデッキの方へと歩いていった。

雑草が刈られ、土がむき出しになった地面を低く、黒い蝶が飛ぶ。

いつだったか、緑のある高度でクロアゲハが横切った際、久賀が言っていた。黒い蝶を死の使いだなんて言うけど、一説によると不滅の象徴だそうですよ、知ってます？

黒い蝶は、黒い蝶だ。そこがいい。そう言って、つまらないと返されたのだったか。

一ノ瀬は酔ってきた頭で、束の間、そんなことを考える。

お盆休みの三日目、一ノ瀬は中心市街地にある市立美術館へ出かけた。

『アートを泳ごう』という子供向けの体験型美術展に、大雅が参加している。

久実と話す約束だったが、入口前で機械製造部の社員から急ぎの電話が入り、時間にだいぶ遅れた。チケットを購入し、展示室から展示室へと足早に久実と大雅を捜す。最初の空間は光のシャワーとシャボン玉にあふれていたかと思うと、次の空間は床に投影された世界地図と多種多様な振り子時計の森、その次は暮れ時以上に暗く、星形風船が無数に光り漂い、触れるとフラッシュがたかれ、その画像がモニターに映しだされる。展示室を覗くたびに、世界がめまぐるしく変わる。

大雅は真っ赤なTシャツ姿で、白い展示室に大勢の子供たちといた。一種の変装だったというおかっぱ頭から、刈り上げに戻している。

壁面幅の大判の板に描かれた夢の国を、子供たちは白一色に塗り込めていた。大雅が身体をいっぱいに使って刷毛《はけ》を大きく動かす。気弱そうな女の子のためらいがちな動きが、絵の具のしたたりに笑う大雅の声で弾かれたように大胆になる。白い絵の具が、子供たちの服に、顔に飛び散る。赤い大きな花が白く塗りつぶされ、空飛ぶ象が消え、虹色の潮を吐く鯨形の島もなくなってゆく。期間限定でビニール張りのアトリエと化した小さな展示室に、子供のはしゃぎ声が響き渡る。

大雅の近くに、赤いひらひらしたノースリーブのブラウスにジーンズの久実がいて、目が合う。一ノ瀬は身振りで遅れてごめんと謝り、その隣にいた久実の両親に会釈した。社宅を出た久実と大雅を実家へ送り届けた際、両親は玄関の上がり端に正座し両手をついた。

——何から何まで、すみませんでした。

——結局、久実には一ノ瀬さんだったんだと思います。

久実と大雅がいかに気丈に行動してきたかを話したが、あまり伝わった様子はなかったので、今日一ノ瀬は展示室の入口から動かずにいた。

やがて真っ白な世界となった絵を前に、講師の若いアーティストは子供たちに問いかけた。みんな、ここに何が見える？　きょとんとした小さな顔、顔、顔。その中からぴょっこんと勢いよく立ったおさげの女の子が言った。赤いお花。消しちゃったよ、という声が他の子から上がる。うん、白く塗って消したよね、でも僕にも赤いお花が見えるんだ、と講師は自分の胸に手を当てた。そこから急に記憶テストみたいになり、消されたものが次々声となる。空飛ぶ象。鯨の島。そんな幼い声が競うように重なり、そのうちアイスクリームだの、うちのピーだの、描かれていなかったものまでが出てきた。

そんな白い世界に、一ノ瀬はヒマラヤ山脈の峻峰アマ・ダブラムを見る。

チベット語の方言で「母の首飾り」を意味する、雪と岩の秀麗な山は六八一二メートル。その名のとおり、世界最高峰を飾るかのようにエベレストへの道中に現れる。何日か前から、写真を壁に貼っていた。ラインホルト・メスナーが遭難者救助のために急遽登らざるを得なくなったという古い雑誌記事を読み直したのに始まり、山野井泰史が一九九二年冬季単独で切り開いた西壁新ルートの図まで拡大して貼った。いずれも卓越した登山家の若い頃の話だ。どう登っても高度な技術を要する切り立った山容でありながら、一般にも人気というアマ・ダブラムがなぜ今の自分を惹きつけ、新ルートのための資料を集めさせるのか。一ノ瀬自身にもわからない。だが、いずれ登るのだろうという予感はある。

子供たちは、白く塗りつぶしてしまった夢の国に向かってまだ声を上げている。思い出になってしまった世界は破壊や矛盾まで孕《はら》み、でも、前より豊かだ。

またスマートフォンがズボンのポケットで震えだし、一ノ瀬は久実に大きな身振りで先に別館のカフェへ行っていると伝え、そこを離れた。

裏口を出て、植栽と美術館のコンクリート外壁に挟まれた外通路をのんびり歩く。

電話は朔太郎だった。一ノ瀬が先日のバーベキューの礼を述べると、その後どうしたかなと思って、と朔太郎が言った。

「どうって、何が」

「久実ちゃんと進展があったかなあ、と。一緒に暮らすとか、今度こそ結婚とか」

「いや、ない」

「なんなら、この山の家を格安で貸しますよ。時々、僕が泊まるという条件付きで」

「久実も結婚はこりごりだろうし、大体、おれも次の山――」

女子高生だろう二人連れとすれ違い、彼女たちのきゃらきゃらした笑い声が遠ざかるのを待つ。本館の裏口から出てきた久実も、彼女たちとすれ違う。ありがとうございましたーだって、と女子高生たちは誰かの口真似をして笑っていた。変わった調子のありがとうございましたが、一瞬、一ノ瀬の耳をとらえた。

「噂をすれば何とかだ。久実が来た」

一ノ瀬の小声に、なんだ、デート中だったの、と朔太郎までが声を小さくする。

「とにかく、今度は振られないでくださいね」

二人の間隔が縮まらないように、一ノ瀬は久実の歩調をまねて歩きだす。口元を覆う。

「振られるって……おれはな、別に――」

「だけど、まただめでも大丈夫。安心してください。一ノ瀬さんが山で死んだら、僕が空港からランクルとってくるし、借家の整理もしますから」

電話は切られ、後ろから駆足が近づいてくる。ひらひらした金魚のような袖無しのブラウスから出た腕が、一ノ瀬の左腕にからみつく。暑いが振りはらう気になれない。

「大雅は」

「うちの両親と先に帰る」

木造平屋の別館まで、石畳があとほんの数メートル。優しく腕がほどかれる。

高い板塀、欅の大木やあふれる緑に、ビルだらけの街中なのを忘れそうだ。

別館は和洋折衷、街の文化振興に寄与した人物の邸宅で、親交のあったチェコ生まれの有名建築家の影響が色濃い。パティオを挟んで、公私のスペースが分かれており、その公の部分に半セルフのカフェがある。半割丸太を組み上げた鋏状トラス式で、三方がガラス戸の開放的な大空間だ。庭園を見せ大勢をもてなすための広間だったのだろう。一歩入ると、絨毯が音を吸うのか、すっと静かになる。客はまばらだ。

「コーヒーだけみたい。平気？」

「うんと甘くするさ」

どの丸テーブルも、古刹の床板のように緑を反映している。

他の客から離れた場所に席を確保し、隅のカウンターへ。若いおっとりした店員に支払い、白髪のおかっぱ頭で「林」という名札をつけたロングワンピースの店員からアイスコーヒーが出され、それを自分で席まで運ぶ。

庭を見渡せる掃き出し窓に向かい、丸テーブルを挟んで籐椅子から蟬時雨に耳を澄ませば、信州の別荘にでもいるかのようだ。

久実はアイスコーヒーを一口飲み、おいしい、と感心してから、話って何、と訊いた。

左の一ノ瀬の方へ向けた久実の顔は、不思議に昔と変わらない。

「整形、してないよな」

「はあ？　するわけないじゃない。痛いのやだもん。まさか、話ってそれ？」

「いや。ただ、なんか顔が変わらないなと思ってさ」

久実が、あっ、とつぶやき、にんまりする。

「お草さんのムンク運動。効果あるんだ、やっぱり」

久実が昔草から教わったという、顔をたるませない整形手術いらずの運動を披露する。

「こう、口を縦に大きく開いてぐっと顎を引いて」

「こうか」

「そうそう。で、額を鏡に映すように……額を突き出す感じ。で、自分の目を上目遣いに見つめて、瞼を閉じようと十回努力するの。額に皺を作らないのがコツ」

前は鏡ではなく、夏の庭園が明るいガラス戸だが、一ノ瀬は久実をまねてみる。

当然、もう普通にはしゃべれない。それでも、意味は大方通じ、こんな会話が成り立つ。ムンクの『叫び』？　うん、これがお草さんのきりっとした顔の秘密ってわけ。なあ、おれたちの顔、やばくないか。

草直伝の顔運動を終えてから、一ノ瀬は本題に入った。杉浦草の消息。七年前に届かなかった電話、メール、伝言の存在。そして、それを阻んだ犬丸の罪の意識が西方の峯へと向かわせたことを淡々と伝える。久実は驚きながらも、いっさい口を挟まなかった。

「犬丸の件は、話さないほうがよかったか」

久実が首を横に振り、そんなことで西方の峯に、とため息をついた。

「けど……人一倍、苦しかったのかも。みんなに親切に、自分がされたら嫌なことは人にしちゃいけない、犬丸の家はそういう家庭だったたから。特にお義父《とう》さんが、そこのとこ厳しかったし……。あの人ね、気の小さいところがあるの。その分、優しかったのかもしれない」

自分のしたいことを貫く人間は、どこか非情だ。

その自覚は一ノ瀬もある。庭に目を転じる。視界の端で、久実がそれにならう。

「戻ってこられるかしら」

あの思いをしてもまだ犬丸を心配する久実に、脱会は困難だろうとは言えなかった。

緑が揺れる。風にのって、茶色い蜻蛉が飛んでゆく。

「七年前、伝言を聞いていたら……私、どうしたかな」

そのことを、一ノ瀬も考えなかったわけではない。

「昔の話だ。今は大雅がいる」

「そうね」

「おれたちは、二人一緒じゃ歩けない道を歩いてきたんだ」

だったら、これからは？

二人の間に、疑問が横たわる。沈黙は答えにならない。

久実が座面の両端に手をつき、視線を落とした。

「私、ありがとうを言うのが、つらくなってたの。誰かにお礼を言うたびに、自分が縮んでいく感じだった。ああ、これからずっと、こんな生活なのかなって。西方の峯のこと、与党と深い関係なのも含めて知らなかったわけじゃないけど、こういうことなんだね。関われば、自分が自分でなくなっちゃう。毎日楽しいのが一番だし、時にはボランティアも募金もいいけど、みんなお願い、ちゃんと投票してって、今は道端で叫びたいくらい」

一つうなずき、一ノ瀬は聞き役に徹する。

「けど、それって、いつかの自分に叫びたいのよね」

厳しい経験からの学びは多い。だが、あまりに代償が大きく、とてもそんなふうには考えられない。できれば、久実には幸せな結婚生活を送ってほしかった。それが一ノ瀬の本心だ。

久実が座面の両端に手をついたまま、こちらに顔のみ向ける。

「これから、たまには公介の力になりたい。やっぱり、ありがとうって言われたい」

おお助かるぜとばかりに一ノ瀬はおおげさに目を見開き、それから久実を見つめた。

穏やかに見つめ返され、じんわりと胸があたたかくなってゆく。

「公介と一緒に生きていきたい。どんな形でもいい」

思いがけない申し出だった。

それだけに、ごまかしは許されない。

「いつか、山で死ぬかもしれない」

「やだけど……公介は公介じゃなきゃ。しかたない。我慢する」

子供のような言い方に、一ノ瀬は思わず噴き出してしまった。抑えた笑いが久実にもうつる。

柄にもなく目が潤むのは、決して感動したからではない。そう自分に言い聞かせる。

笑いをおさめた久実が、アイスコーヒーを飲み干した。

「帰ったら、お草さんに手紙を書くわ」

置いた細長いグラスの中で氷が解け、カラン、と音を立てる。

「きっと転送届が出ていて、手紙なら届くと思うの。あの……あのね、私……公介と別れたことをお草さんに言えなかった。それに、犬丸と結婚することも伝えられなかった。充分すぎる退職金の上に、結局断ったけれどカフェミトモへの再就職の話まで用意してもらってね。あの時、感謝の気持ちだってちゃんと伝えられたかどうか……情けない。当時は自分のことだけでいっぱいで。だから、長い手紙になるけど書いてみ――」

久実が話を中断した。

なぜ中断したのか、一ノ瀬も瞬時に悟った。とう、のところがぴょんと跳ねて高くなる、いつかのあの独特の、ありがとうございました、を聞いたからだ。しかも、また言っちゃったというような自責の小声まで聞いた。二人は信じられない思いで、互いの目を見、それから後ろへと身体をひねる。数台の丸テーブルを挟んだ向こうのカウンターには、セルフで下げられた器を隠れるようにして洗う、白髪のおかっぱ頭があった。

「ねえ、あれ、さっきも聞いたの。すれ違った高校生の女の子たちが」

「笑ってたよな。口真似して」

「こんなことって……」

「あるかも。名札は林だったが、なんたってあの人だから」

二人は後ろのカウンターに顔を向けたまま、そうっと立ち上がる。

籐椅子の背もたれに一ノ瀬は左手をつき、久実は右手をつき、まるで互いが互いの鏡像であるかのように、低い姿勢から、同じ速さで。

3

草は阿久津を小蔵屋に迎えた。開店まで数時間ある。

九月に入って三週間近くなるが、秋の清々しさは遠く、朝から雨がちでやや蒸し暑い。

昨日の定休日、草は自宅で阿久津の愛孫まりかに会った。その報告を聞いた阿久津がカウンターに肘をつき、顔を覆う。

「なんてことだ」

嘆きも当然だった。

説得どころか、小蔵屋の老店主の写真が載った西方の峯のパンフレットが出てきたのだ。草も昨日から頭を抱えている。まりかからこうも聞いた。小蔵屋のコーヒー豆が小分け包装にされ、器とともに、アンドアースの一般も参加できる集会で高く売られているのだそうだ。売り上げを植樹の苗木代に充てるという名目で。まるで小蔵屋協賛のイベント状態だ。

こうなってはもう継ぐ言葉もなく、空になった手びねりふうのグラスに水出しコーヒーを注ぐしかできない。

前の道をゆく車が、派手にしぶきを上げる。いくらか薄日が差し、鳥がさえずる。

長い沈黙が重みを増す。

やがて草は、訊いておくべきことを思い出した。寝不足もあり、どうも頭が鈍い。

「まりかさんは、いつ頃から西方の峯の支部へ」

顔を覆ったままの返答がくぐもる。

「おれが見たのは、六月の頭」

「そう……。そのパンフレットの写真を撮ったのは、先月」

パンフレットはカウンター上にあった。草は、手を下ろした阿久津と顔を見合わせる。

「じゃあ、これを見て西方の峯に引かれていったわけじゃ……」

「なさそうですね」

といって、大して救いにはならない。

阿久津の孫の心が西方の峯から解放されるわけでもなく、このパンフレットが元でまた誰かがカルト宗教に引き込まれるかもしれないのだ。

草はカウンター越しに腕を伸ばした。肉体労働の末のごつごつした分厚い手に、染みと皺だらけの老いた手を重ねる。実感する。この二人のみでは、いかにも力不足だ。

「弁護士に相談してみますよ。先生にならば、まりかさんのことも話してかまわない？」

わずかながら、阿久津が表情を明るくした。もう片方の分厚い手が、草の手を包む。阿久津が去ってからも、その時のすがるような眼差しが草の胸に残った。

しばらくして、久実が出勤した。

「おはようございます。雨、上がったみたいです」

「おはよう。よかったわ、晴れるかしら」

草は、久実に西方の峯について話していなかった。口外してくれるなと阿久津から頼まれているし、一ノ瀬と別れて傷心のところにこんな話などできようもない。

青空が覗くにつれ、客も一人二人と増えてくる。

ジョー・ナンバが来店してから一週間。客からも彼の話が出るようになっていた。

「年明けに、ここで面白い個展があるそうね」

「備前焼の若い陶芸家さんが来たんですって？　名刺見たわ」

「今度、アメリカの人がここで個展をするの？」

備前焼ではなく、備前市からやって来る新進の陶芸家であること。アメリカ人ではなく、海外で個展を開催した日本人だということ。草は久実と、その都度訂正し、正確な情報と個展の開催日を伝える。いずれ葉書やチラシで広く知らせるが、これも宣伝のうちだ。口コミは馬鹿にできない。

カウンターを挟んで客と談笑しつつ、草はすっと寒気に襲われた。足元から何かが崩れるような。口コミ。それは、いいことについても、悪いことについても早く無責任に広まる。すでに西方の峯のパンフレットは配られ始めている。杉浦草は小蔵屋であり、小蔵屋といえば久実でもあるのだ。草は洗った器を拭きながら、会計カウンターに目をやる。そこには、心の傷を笑顔で覆い隠して接客する久実がいた。

西方の峯の好きにはさせない——草は固く心に誓い、永岡《ながおか》法律事務所を訪ねた。

新幹線駅近くの裏通りにあるビルの五階だ。

打合せのテーブルにつくと、腰高窓から市立美術館と緑に覆われた木造平屋の別館、その向こうに永岡弁護士の自宅マンションが見える。

「昼は、美術館の時間だったんじゃありません？」

図星だったのか、美術好きの永岡が小さな目を見開いて微笑む。

「別館にカフェができましてね」

整った部屋の、彼の机にはファイルの山、脇のごみ箱にはコンビニエンスストアのおにぎりのごみ。事務所内の別室から微かに、電話の音や数人の話し声が聞こえる。働き盛りの永岡が電話で大まかなところを聞き、昼時でしたら、とすぐさま時間を作ってくれた。こんな時は、それだけでも幸運に感じる。

「電話でお話ししたパンフレットがこれです。それと、写真。封筒のままお持ちしました」

「なるほど。それにしても、西方の峯だとは……」

冷静な目が、パンフレットやミントグリーンの洋封筒を丁寧に見る。

草は一つうなずき、手書きで記した一枚ものの経緯も渡す。

独り身の草は商売替えをした時から、突然の病や死に備えて準備してきた。その相談をし、定期的に通っている永岡法律事務所に、西方の峯について相談する日が来ようとは草自身思ってもみなかった。

「アンドアースの中司か」

「ご存じですか」

「西方の峯の問題に取り組まれている先生から、アンドアースについては少々」

「やはり、そちらの専門の先生にご相談すべきでしょうか」

「ご紹介もできます」

「永岡先生にお願いは」

永岡が少し間を置いた。

「私でもかまいません。無断で写真を使われたので肖像権の侵害、それから店の信用を傷つけ、将来的に損失を被る可能性もあるといった方向でも進められます。いかがでしょう」

一歩も引く気はありません、と草は即答した。

「杉浦さん、電話でもおたずねしましたが、念のため。これ以前に西方の峯との関わりは？」

「一切ありません。あ、そうだ……以前、紅雲町の知人の店で、西方の峯が年寄り相手におかしな商売をしていましてね。その騒ぎを直接見はしましたが、個人的には全然」

ミントグリーンの洋封筒がテーブルから落ちそうになっていた。草はそれを戻そうとそっと手に取り、動きを止めた。

窓辺の光の中で、封筒がなぜか二色に見える。紙一枚で作られたはずのものが、指でつまんでいる台形の蓋の部分は薄明るく、折り筋から五ミリ強覗く内側がそれより暗い。まるで表面だけ二重になっているかのようだ。折り筋から内側に向けて爪を立ててみた。爪が入った。もう一枚、紙がある。引き出そうとするがうまくいかない。内寸とぴったり同じサイズで引き出しにくい。

あるいは、一部を糊付けでもしてあるのか。やがて何をしようとしているか察した永岡と、二人がかりでようやく引き出した。

草は目を瞬いた。引き出した紙は、ミントグリーンの封筒と同色同質だ。草の見ている面には何も書かれておらず、永岡によって紙がひっくり返しにテーブルへ置かれた。

逆の面には、緑色の文字があった。草は目を凝らした。

《この写真をアンドアースの本部のほうの印刷物等に使用いたします。何かありましたら、下記までご連絡ください。》

印刷された文章の末尾には、問い合わせ先も記されている。

「写真の他には何もなかったはずなのに……」

草は額を押さえた。その文言から目が離せない。

「これは……」

「こんなもの、封筒と一体で、普通は気づきませんよ。まるで引っかけ問題だ。しかし、相手は主張するでしょう。我々は許可を得ている、と」

どうかしている。何もかもが。

草は深いため息をついた。こうして知らぬ間に作られてゆく落とし穴に、いったい何人がはまり込むのだろう。

深呼吸の末、どうにか気を取り直し、阿久津の孫の件も簡潔に言い添える。

束の間の沈黙のあと、ひどい話だ、西方の峯は人の弱いところを突いて正解を教える、と永岡が応じた。

「正解？」

「ええ。どんな難題に対しても正解を教えてくれるのです。未来についてさえ。どんな世界が素晴らしく、そのためにはどうしたらいいか、完璧な正解を与えてくれる」

「そんな、完璧な正解だなんて……未来は手さぐりでしかないのに」

「おっしゃるとおりです。まやかしだ」

永岡が姿勢を正した。

「お望みでしたら、裁判も可能です。ただし、費用と時間がかかります」

「必要ならしかたありません」

「それに、こう言ってはなんですが……相手は政権を味方につけたカルト教団です。抵抗すれば、様々な嫌がらせがないとも限らない。実例は多々あります」

様々な嫌がらせという言葉に、草は気持ちが揺れ始めた。自分ひとりならかまわない。だが、小蔵屋には久実がいる。大勢の客もいる。

「先々をよく考えなくてはいけませんね」

「杉浦さん次第です」

少し考えてみます、と答えたあと、阿久津のためになりそうな西方の峯に関する相談窓口や家族会をいくつか教えられ、草は弁護士事務所をあとにした。

空腹は感じなかったが、近くの蕎麦屋でさっと昼食を済ませ、昔からある洋菓子店で素朴なモンブランとチョコレートケーキを買ってタクシーに乗る。すぐ着くのに、車の中から小蔵屋へ電話を入れてみる。呼び出し音二回で久実が出る。客が少ないのだろう。

「草です。混んではなさそうね」

「大丈夫です。さっき、またうちじゃないコクラヤ宛の電話がありましたけど」

「不用品買い取りのほう？」

「そうです。でも、前に電話してきた人じゃありませんでした」

「困ったものね。遅い昼になってごめんなさい。もうタクシーの中。ケーキがおみやげ」

やったー、と喜ぶ久実の声に微笑む。うっかり忘れていた手続きで急遽市役所に出かけたということにしてあった。

タクシーが黄色信号で長い橋へと滑り込む。青空の下、河原の緑も水も輝いている。観音像のある丘陵に向かって走れば、すぐ小蔵屋だ。


知らぬ間に作られてゆく落とし穴。

そのことを、草は小蔵屋で立ち働きながら考えた。

知らぬ間？

ううん、知らなかったわけじゃない。

西方の峯のことも、西方の峯が撒きちらす禍も知っていた。ただ自分の身に降りかからなかったから、通りすぎてきた。西方の峯の息がかからないまともな議員に投票してきたつもりだが、普段は沈黙していた。それだけのこと。

まっすぐに自分を見つめ直すと、心身のこわばりがとれてゆく。

仏壇前にぺたんと座れば、両親、きょうだい、三つで逝った一人息子が微笑む。丘陵の観音像を見上げればその眼差しは優しく、河原の小さな祠も、三つ辻の地蔵もいつも以上に穏やかに受け入れてくれる。

晴雨兼用の黒い蝙蝠傘をついて三つ辻に立ち、息子の寝顔に似た地蔵に朝日が降りそそぐのを見ていると、ああ本当に道は三つあるのだと思えた。

何事もなかったかのように、小蔵屋の中の世界だけを守る道。

久実や周囲を巻き込み、西方の峯と争う道。

それから――三つ目の道を思うと、自然に笑みがこぼれた。

「そうね。裸で生まれて、あの世まで持って行けるものはなんにもない」

いずれ去るこの世に、一体、何を望むか。

自分にそう問えば、実に単純なものが見えてくる。久実の笑顔。これまで関わってきた人たちの笑顔。ただそれだけだ。

風が、まだ青々としている草木を揺らす。

「それでも、秋ね」

草は小蔵屋を閉める決意をした。

年明けに予定どおりジョー・ナンバの個展を開催し、一月に閉店する。まだ三か月以上ある。

久実に伝えるにも遅くはなかった。理由は簡単。気力と体力の限界ね、時が来たの、それでいい。詳細を打ち明ける必要はない。高齢でいつまで商売を続けられるか、そんな心配が日常だったのだ。

　閉店を伝える挨拶状に《近頃当店の名を利用した不審な行為が複数発生しておりますが、小蔵屋はそうした企業・団体とはまったく関係ございません。ご注意の上、広く皆様にお知らせ願えれば幸甚です》との文言を添えることにする。久実にすればお門違いの電話のことにしか思えないだろうし、小蔵屋としては西方の峯について立場をはっきりさせられる。消えてなくなるもの相手に、カルト教団は利用も嫌がらせもできない。

「終えることに意味があるなんて、最高じゃないの」

具体的に今後を考えてゆくと、草は自由になれる気がした。自分でも意外だった。

由紀乃からの電話に、近いうちに会いに行けそうよ、と草は言った。待ってるわ。来る時に牛乳をお願いできる？　九州に暮らす親友の声も弾む。

　運送屋の寺田も普段着でコーヒーを飲みに訪れ、カウンター席から草の姿をうれしそうに見た。

「お草さん、どうしたの。いいことでもあったんですか」

「まあね。いいことは、自分で作るの」

月の美しい晩には、阿久津が現れた。久実が帰るのを待っていたらしい。

草はカウンターを出て向かいあった。永岡法律事務所でのことは概《おおむ》ね電話で話してある。

「家族会へ連絡をしてみたんだ。親が西方の峯に入信したり、あやうく自分が入信してしまうところだったりした若い人たちが、まりかと話してくれるそうで」

「そうですか。よかったというには、あれだけれど」

「まったく長い道のりになりそうだ。でも、親身にありがとう」

「とんでもない。お役に立てなくて」

草は千日紅《せんにちこう》の花束をもらった。飴玉のような丸い花々は色とりどり、薄紅から濃い紫まであって目に楽しい。

「長持ちするし、ドライフラワーにもなるらしいからさ」

老体を長持ちさせてくれ、できるだけ元気でいてくれ、そんなふうに聞こえる。草は丁寧に礼を述べたあと、阿久津をあらためてまっすぐに見上げた。

「まりかさんに伝えてください。これからの小蔵屋をよく見ていてね、と」

「どういうことだい」

「今は詳しく言えないけれど、見ていてもらえばわかるわ」

またそのうち、アンドアースの中司たちも、小蔵屋を訪れるかもしれなかった。

そうしたら彼らが二度と来ないよう、草はこういうつもりだ。さよなら。理由はわかるでしょ。神様だって全部お見通し。


「いらっしゃいませ」

草は久実と声を揃えた。出入口のガラス戸とカウンター奥の小窓を開け、風を通す。コーヒーの香りが近所にも広がってゆく。平日で主婦が多く、おしゃべりに花が咲く。

それでも、昼近くなると急に客が引けた。

地元ＦＭ局はクラシック特集を流していた。次の曲はラヴェルの『亡き王女のためのパヴァーヌ』で、この街の三山フィルハーモニー交響楽団による公演の録音だという。フランスの作曲家ラヴェルはスペイン近くのバスク地方に生まれ、バスク出身の母の口ずさむ民謡を聞いて育ち、そうした影響の色濃い作品を残しているといった紹介のあと、束の間、無音になった。

決めたことを久実に告げるなら今だと、何者かが草にささやく。

やがて、コンサートホールを感じさせる咳払い、楽器のまばらな音が聞こえてきた。舞台を踏む靴音が現れ、大きな拍手に包まれる。どこか懐かしく胸が締めつけられるような、繊細な旋律が流れ始める。

草はラジオの音量を少し絞り、カウンターを背にしたまま、作り付けの棚に並ぶ数々の器を眺めた。古い蕎麦猪口から、現在の商品のサンプルまでいろいろだ。人々とともにある自然の移ろい、川の流れ、風のきらめきにも似たホルンやバイオリンの音色に、多くの出会いと別れの記憶が光の断片となってよみがえる。

草は割烹着を脱ぎ、盆の窪でお団子にしてある白髪と、縞の紬の襟を整えた。

久実ちゃん、と呼んだ。向き直ってみると、久実がしっかりとした背中を見せてコーヒー豆の瓶を熱心に拭いていた。呼ばれたことに気づかなかったらしい。

いいわ。なら、そこまで行くわ。

微笑んだ草は、久実の肩に触れる瞬間を思いつつ、一歩を踏み出す。

『時間の虹』参考文献一覧

川奈部隆之「三人だけの８０００mガッシャブルム１峰（８０６８m）登頂記」　関西岩峰会サイト『岩峰』https://gampoh.lolipop.jp/?p=385（参照二〇二四年一月一日）

沢木耕太郎「百の谷、雪の嶺」　『新潮』二〇〇五年八月号

山野井泰史『垂直の記憶　岩と雪の7章』　ヤマケイ文庫　二〇一〇年

吉永南央（よしなが・なお）

一九六四年、埼玉県生まれ。群馬県立女子大学卒業。二〇〇四年、「紅雲町のお草」でオール讀物推理小説新人賞を受賞。〇八年、同作を含む『紅雲町ものがたり』（文庫化に際し『萩を揺らす雨』に改題）で単行本デビュー。以降、「紅雲町珈琲屋こよみ」はシリーズ化して人気を博す。

他の著書に『オリーブ』などがある。

時間《とき》の虹《にじ》　紅雲町《こううんちょう》珈琲屋《コーヒーや》こよみ

二〇二四年十月三十日　第一刷発行

著　者　吉永南央《よしながなお》

発行者　花田朋子

発行所　株式会社　文藝春秋

〒一〇二―八〇〇八

東京都千代田区紀尾井町三―二三

電話　〇三―三二六五―一二一一

印刷所　萩原印刷

製本所　加藤製本

ISBN978-4-16-391907-2